Kiwi & Co.

Neuseeland
für Anfänger und Fortgeschrittene

von

Carmen Radtke

Bibliografische Information der Deutschen
Nationalbibliothek:

Die Deutsche Nationalbibliothek verzeichnet diese
Publikation in der Deutschen Nationalbibliografie,
detaillierte bibliografische Daten sind im Internet über
dnb.dnb.de abrufbar.

TWENTYSIX – Der Self-Publishing-Verlag

Eine Kooperation zwischen der Verlagsgruppe Random
House und

BoD – Books on Demand

© 2018 Carmen Radtke

Herstellung und Verlag:

BoD – Books on Demand, Norderstedt

ISBN: 9-783740-750237

MIX
Papier aus verantwortungsvollen Quellen
Paper from responsible sources
FSC® C105338

Inhaltsverzeichnis

Widmung.. vii

Die Autorin.................................... ix

Auf geht es in das Land der großen
weißen Wolke................................. 1

So fern und doch so nah 6

Regeln, Gesetze und ein paar Tricks............. 10

Einfach tierisch................................ 16

Integration für Anfänger,
oder Die Kunst des Wartens..................... 22

Postservice mit kleinen Tücken................. 28

Strandleben 34

Ohne Werkstatt geht es nicht 39

Der Lockruf des Geldes 45

Nur Neuankömmlinge mögen es heiß........... 49

Umzugsfieber.................................. 54

Gejammert wird nicht! 59

Gartenfreuden 65

Es weihnachtet kaum 70

Heimweh und andere Illusionen................. 76

Fernsehen ist gesundheitsschädlich 81

Das deutsche Netzwerk ist überall 85

Streicheleinheiten fürs Abendessen 91

Von Schafen, Schweinen und Katzen 94

Kunst an jeder Straßenecke 100

Vertrauen ist alles 104

Ein echtes Schönwettervolk 108

Reisefieber 115

Sport vereint die Kiwischaren 122

Überfluss und Mangelware 125

Vergnügen ist eine ernsthafte Angelegenheit 130

Küchenspaß auf Neuseeländisch 133

Von Zweibeinern und Vierbeinern 137

Alles hört auf mein Kommando 140

Jugendschutz der besonderen Art 145

Grün, grün, grün – mit Nebenwirkungen 148

Gesundheit ist ein teures Gut 151

Kiwis und Kiwis 154

Aus der Schule geplaudert 161

Die Erdbeben kommen 165

Abschied vom Land der großen weißen Wolke ...177

Süße Rezepte aus dem Kiwi-Land 179

Leseprobe	186
The Case of the Missing Bride	186
A Matter of Love and Death	207
Danksagung	224
Impressum	225

Für meine Schwester Carola

DIE AUTORIN

Carmen Radtke ist gebürtige Hamburgerin, Journalistin und Schriftstellerin und hat mit ihrer Familie acht Jahre in Neuseeland verbracht.

Ihre Romane:

The Case of the Missing Bride

A Matter of Love and Death (unter dem Pseudonym Caron Albright)

∽ 1 ∾

Auf geht es in das Land der grossen weissen Wolke

Draußen nebelt es an einem bitterkalten Februartag. Meine Mutter hat das Licht im Wohnzimmer angemacht, obwohl es erst 14 Uhr ist.

Meine Tochter malt ein Bild für Oma und ihre Tante.

Meine Mutter strahlt uns zufrieden an.

„Das sollten wir viel öfter machen, so einen Nachmittag mit der ganzen Familie. Ich sehe euch viel zu selten."

Ich räuspere mich und wende wohlweislich meinen Blick ab. „Wir ziehen demnächst um."

„Ah", sagt meine Mutter. „Wohin denn? Ich habe ja immer gesagt, eine Großstadtwohnung im dritten Stock ist nichts mit Kleinkind."

Meine Schwester sagt nichts, sondern reicht meiner Tochter einen Buntstift. Die Kleine malt eine Schnecke.

„Ins Grüne", sage ich. „Wir ziehen ins Grüne. Und, ähm, etwas weiter weg."

„Wohin?" fragt meine Schwester.

„Nach Neuseeland", sage ich.

Meine Mutter verschüttet ihren Kaffee. „Ihr macht was?"

„Wir haben vor drei Wochen unser Visum bekommen. Die Wohnung ist zum Monatsende gekündigt, und die Flüge sind auch schon gebucht."

„Ja, aber ..." Meine Mutter sieht mich flehend an. „Das könnt ihr doch nicht so plötzlich machen. Das geht doch nicht."

Jetzt schlucke ich. „Ich wollte dich nicht aufregen, bevor wir das Visum noch nicht hatten."

Dass wir ins Ungewisse aufbrechen, sage ich ihr nicht. Alles, worauf wir uns festgelegt haben, ist die Südinsel, vorzugsweise in oder um Christchurch, aber ich bin flexibel. Das Hotel ist für drei Nächte gebucht, danach für eine Woche ein Motel im Stadtteil Riccarton. Tochter und Enkelkind auf der anderen Seite der Welt ist schlimm genug, aber Tochter und Enkelkind obdachlos, das wäre zu viel für meine Mutter.

Meine Schwester sitzt mit weit aufgerissenen Augen da.

„Du hast doch immer gesagt, ich soll ins Ausland ziehen, damit du mich da besuchen kannst", sage ich. „Und jetzt, wo ich nach der Elternzeit keinen Job mehr haben werde, ist die beste Gelegenheit. Vor allem, weil das Kind noch so klein ist."

„Aber doch nicht Neuseeland", sagt meine Schwester. „Das ist ja noch weiter weg als Australien. Ich hatte an England oder Irland gedacht, oder vielleicht Italien. Warum denn Neuseeland?"

„Warum nicht?" sage ich. „Weißt du, wie schwierig es war, die Aufenthaltsgenehmigung zu bekommen?"

Zehn Monate lang mussten wir warten, um durch das Punktesystem weit genug nach vorne zu rücken und eine Einladung zum Interview in London zu bekommen. Zwei Stunden nach unserem Gespräch im New Zealand House klebten in unseren Reisepässen die begehrten Visa.

Meine Mutter stöhnt auf. „Ich werde euch nie wiedersehen, wenn ihr geht."

„Neuseeland ist doch nicht aus der Welt", sage ich. „Ich habe mich schon mit Leuten unterhalten, deren Eltern sogar mit 80 Jahren noch um die halbe Welt fliegen, um sie zu besuchen."

Meine Mutter ist nie weiter als bis Österreich gekommen, aber das spreche ich nicht aus.

Überhaupt, wie soll ich das erklären? Für mich lautet die Frage nicht, warum, sondern warum nicht.

„Wir sehen uns bestimmt wieder", sage ich. „Und es gibt ja auch Telefon." Einen Computer hat meine Mutter nämlich auch nicht,

Meine Tochter malt eine Ente.

„Wann geht es los?" fragt meine Schwester.

„In acht Tagen", sage ich.

Jetzt ist meiner Mutter endgültig der Appetit vergangen. Sie schiebt ihren Kuchenteller von sich.

Meine Schwester sieht mich zweifelnd an. „Wenn du dir sicher bist ..."

Ich bin mir sicher, vor allem, weil es keine endgültige Entscheidung sein muss. „Wenn es uns nicht gefällt, kommen wir wieder zurück", sage ich bemüht fröhlich. „So einfach ist das. Und du besuchst mich."

„Okay", sagt meine Schwester. „Und du besuchst uns auch."

„Klar", sage ich. „Ihr werdet überhaupt noch eine Menge von mir erben, was ich nicht mitnehme. Und die Zeit vergeht so schnell, bis wir uns wiedersehen."

Das Kind malt eine Maus. Mutters Unterlippe zittert, aber sie bemüht sich um ein Lächeln. „Soll ich zum Flughafen kommen?"

Ich schüttele den Kopf. „Das ist viel zu früh. Wir müssen um fünf Uhr morgens dasein."

„Hast du denn wenigstens schon gepackt?" Sie nimmt meine Hand.

„Es ist fast alles fertig", sage ich. „Wirklich, du musst dir keine Sorgen machen." Ich schenke mir noch eine Tasse Kaffee ein, während ich im Geiste Abschied nehme von der Umgebung meiner Kindheit. Etwas schwer fällt es mir doch, vor allem der Abschied von den engsten Freunden, aber andererseits lockt die Fremde. Dass es schwierig und einsam werden kann, ist mir klar. Ich bin nicht naiv. Wir steuern mit offenen Augen ins neue Leben.

Meine Tochter malt eine Sonne.

ॐ 2 ॐ

SO FERN UND DOCH SO NAH

Das andere Ende der Welt müsste eigentlich exotischer sein. Weiter von Deutschland entfernt sind nur noch ein paar kleine Inseln. Und die Antarktis. Aber das einzige, was beweist, dass wir wirklich in Christchurch, Neuseeland, gelandet sind, um in der Fremde zu leben, sind ein paar seltsam gekleidete Männer. In Hamburg jedenfalls trifft man niemanden, der zu einem dicken Pullover und einer Wollmütze Shorts trägt und strumpflos in Sandalen herumläuft. Und auch hier, auf der Südinsel Neuseelands, scheinen diese Typen Ausnahmen zu sein. Schließlich kann sich sogar ein Vier-Millionen-Volk Exzentriker leisten.

Der Rest jedoch wirkt wie aus Westeuropa importiert – breite Fußwege und baumbestandene Alleen, Bäckereien mit hundert Sorten Körnerbrot, angeleinte Hunde, überall

Blumenrabatten, die eifrig gegossen werden, ein leicht verständliches Englisch, das die Verständigung auch für nicht so Sprachbegabte relativ mühelos macht.

Vielleicht ist Neuseeland gerade deshalb seit Jahren unangefochtenes Auswanderungstraumland der Deutschen geworden, weil es gleichzeitig so fremd und so vertraut ist. Oder weil man so freundlich aufgenommen wird. Kein Achselzucken, keine hochgezogenen Augenbrauen, wenn wir sagen, dass wir länger bleiben wollen.

Im Gegenteil. „Oh, wie aufregend", ist die Standardantwort. Und jeder nennt uns im gleichen Atemzug ein paar Deutsche, die er in Christchurch und Umgebung kennt. Damit wir kein Heimweh bekommen.

Auf unsere erste Deutsche stoßen wir dann aber per Zufall. Nach den drei Nächten im Hotel Grand Chancellor, dem höchsten kommerziellen Gebäude der Stadt und zukünftigem Erdbebenopfer, und dem Aufenthalt in einem Motel brauchen wir rasch eine dauerhafte Unterkunft. Makler rufen nicht zurück auf der (noch) deutschen Handynummer. Ich greife zur Zeitung und studiere die Kleinanzeigen.

Beim dritten Anruf habe ich Glück. Don ist am Apparat, das angebotene Haus ist noch frei, und wir können sofort vorbeikommen. Eine Stunde später sitzen wir bei Tina und Don auf der Terrasse. Tina ist etwas älter als ich und voller Enthusiasmus und Lebenshunger.

Don grinst vor sich hin. „Weißt du, woher Tina kommt?" Ich schüttele den Kopf. Definitiv nicht aus Neuseeland, das ist alles, was ich sagen kann.

„Berlin. Sie ist Berlinerin, du bist aus Hamburg, und ihr trefft euch in Christchurch."

Das Haus ist groß, unmöbliert bis auf die für Neuseeland typischen eingebauten Schränke und wunderbar ruhig, gerade außerhalb der Stadt. Drei Tage später ziehen wir ein.

Don, der in Christchurch aufgewachsen ist, und Tina bleiben unsere guten Engel. Weil wir ein Auto brauchen und bei den Händlerpreisen kräftig schlucken, schickt uns Don zu einem Auktionator. Wagen angucken, Probefahrt machen, und am nächsten Tag das Fahrzeug ersteigern funktioniert mühelos.

Doch dann stehen wir mit fast leeren Händen da. Fahrzeugpapiere? Gibt es nicht. Ummelden? Ist ohne unser Zutun schon passiert. Das hoffen wir zumindest. Details zum Wagen? Na ja, wir kennen den Fahrzeugtyp, das Baujahr und die hiesige Abart der Fahrzeuggestellnummer. Um etwa herauszufinden, wie groß unser Geländewagen ist, damit wir nicht gleich im ersten Parkhaus hängen bleiben, müssen wir das Internet bemühen. Und zwar stundenlang.

Manchmal hat auch die deutsche Bürokratie

ihre Vorteile ... Aber immerhin hat uns die komplette Autosuche ungefähr zwei Stunden gekostet.

Genauso lange dauert es, den Wagen zu versichern. Die Prozedur wird in unserem Fall für neuseeländische Verhältnisse enorm hinausgedehnt, weil wir unsere Prozente aus Deutschland anerkannt bekommen können, wenn wir dafür einen schriftlichen Nachweis haben.

„No worries", null problemo, sagt Bryce von der Automobile Association. Und tatsächlich: Kaum haben wir die E-Mail von unserem deutschen Versicherungsmakler in der Hand, ist die Angelegenheit geregelt, und wir bekommen einen kräftigen Rabatt eingeräumt. No worries: Daran kann man sich gewöhnen. Auch wenn wir immer noch nicht wissen, wie das Autoradio ausgeschaltet wird.

3

Regeln, Gesetze und ein paar Tricks

Nach vier Wochen als Auswanderer wird die Unstetigkeit doch etwas beschwerlich, vor allem, weil wir Tinas Haus nur sehr befristet mieten konnten – es ist bereits verkauft.

Zum Glück gibt es die Property Press. Weil die Käufer von Tinas Haus jeden Morgen zur Frühstückszeit auftauchen, um nur mal schnell ein paar Sachen in der 40 Quadratmeter großen Kombination aus Werkstatt und Garage unterzubringen und uns damit zum frühen Aufstehen zwingen, ziehen bei uns die ersten Wolken am Himmel auf.

Während mein Mann neidische Blicke auf besagte Garage wirft, werfe ich neidische Blicke auf die Immobilien in der wöchentlichen Zeitschrift rund um den Häusermarkt.

Glücklicherweise sind wir uns fast einig, was wir uns wünschen.

Ich möchte zunächst ein Haus mieten, in dem unsere Zweijährige Platz zum Spielen hat, mit Cafés, Spielplatz und Wasser in der Nähe. Mein Mann möchte ein Haus kaufen, weil die Preise seit Jahren kräftig steigen, mit möglichst keinen Nachbarn und einer großen Garage.

Also machen wir Teamarbeit. Ich kreuze Häuser an, er runzelt die Stirn, wir fahren an den Objekten vorbei, und er schüttelt den Kopf, bis er an einem Haus vorbeikommt, bei dem die Besichtigung gerade endet, die Maklerin aber gern bereit ist, uns nochmal durch das Haus zu führen. Und durch die Garage.

Danach ist sie aus unserem Leben kaum noch wegzudenken. Kaum stehe ich abends in der Küche, klingelt das Telefon. Ich komme tropfnass aus der Dusche, und es klingelt das Telefon. Ich bringe das Kind ins Bett, und es klingelt das Telefon. „Hallo, wie geht es", ich hätte da was anzubieten, wollt ihr nicht morgen gucken kommen?"

Ich bin inzwischen zu fast jedem Kompromiss bereit, nur, um ihr zu entkommen. Also kaufen wir ein Haus in Leithfield, Nordcanterbury, eine halbe Autostunde von Christchurch entfernt. Möglich gemacht wird uns das mal wieder mit Tinas und Dons Hilfe.

Weil wir eine Hypothek aufnehmen müssen,

und zwar schnell, schicken sie uns ihren Broker vorbei. „No worries", sagt er gleich. Wahrend ich noch Kaffee koche, ist unser Fall so gut wie abgeschlossen.

Vier Wochen später können wir in unser neuseeländisches Eigenheim ziehen. Das heißt allerdings auch, dass wir erneut zwei Wochen überbrücken müssen.

„Kein Problem", sagt Tina mit der für sie typischen Mischung aus Berliner Entschlossenheit und Kiwi-Optimismus. „Ich habe da ein paar Freunde, die eine Frühstückspension aufmachen wollen. Ich rufe gern für euch an."

Und schon geht es zu Chris und Lin, die vor drei Jahren aus England gekommen sind, um näher bei den Enkelkindern zu sein.

Jetzt wohnen sie auf einem sogenannten Lifestyle-Block, einer Farm im Kleinformat. Vier Hektar Land genügen ihnen, um eine kleine Schafherde und drei Lamas zu halten – ein himmelweiter Unterschied zum britischen Stadtleben.

Eingewöhnt haben sie sich schon längst, auch wenn sie so machen Kulturschock erlebt haben. Der erste steht uns nun bevor, als zukünftigen Eigenheimbesitzern. War bisher alles fast unverschämt einfach, sollten wir uns nicht darauf verlassen, dass es alles so weitergeht.

Regeln, Gesetze und ein paar Tricks

Bürokratie gibt es nämlich auch in Neuseeland, und in immer stärkerem Maße.

Vor allem, was das Wohnen anbelangt, sind dem Erlaubten strenge Grenzen gesetzt. „Permit", offizielle Erlaubnis, heißt das Zauberwort. Chris und Lin haben damit so ihre Erfahrungen gemacht, als sie ein Haus aus den 70er Jahren kauften. Vier Schlafzimmer, aber nur eine Toilette erschienen ihnen ein wenig verbesserungsbedürftig. Doch einfach ein Klo einbauen? Nicht ohne Genehmigung durch die örtliche Verwaltung. Die gab es dafür zwar fast problemlos für ein paar Dollar, doch merkwürdig erschien es Lin und Chris schon.

Jetzt möchten sie in eine Wand ein großes Fenster einsetzen.

„Ist das genehmigungspflichtig?" frage ich.

Chris zuckt die Achseln. „Vermutlich ja. Da muss ich halt erst bei der Verwaltung fragen."

Die macht glücklicherweise vieles möglich. Und notfalls findet ein echter Kiwi (niemand, aber auch niemand außer Zugezogenen würde hier je von Neuseeländern sprechen) immer einen Weg. Natürlich streng innerhalb der Grenzen des Erlaubten.

Zum Beispiel der nette Techniker, der kurz nach unserem Einzug ins eigene Heim am Sonntag dafür sorgt, dass wir weiterhin als nette, saubere deutsche Familie gelten. Er taucht eine Stunde, nachdem ich unseren

Stromversorger über eine tote Leitung zum Heißwassertank informiert habe, auf und winkt fröhlich mit seinem Stromprüfer. Der Fehler, ein defektes Relais, ist schnell gefunden.

Allerdings hat die Sache einen Haken: Das Relais liegt direkt hinter dem Hausanschluss. „Tut mir leid", sagt er. „Aber da darf ich nichts reparieren. Gesetzliche Vorschriften. Das darf nur ein Elektriker."

Ich fange an, wild mit den Augen zu rollen. Zwei Tage ohne heißes Wasser (so lange hatten wir selbst nach dem Fehler gesucht) können selbst den härtesten Pioniergeist auf die Probe stellen.

Er überlegt: „Wenn ich jetzt den Elektriker rufe, müssen Sie ihn bezahlen, weil Sonntag ist." Ich schlucke.

„Oder ich probier mal etwas." Er geht wieder zu dem ominösen Hausanschluss, holt sein Mobiltelefon heraus und unterhält sich kurz. Dann kommt er zurück. Fragen Sie mich nicht, was er genau gemacht hat, jedenfalls: Das Relais ist immer noch defekt, aber so kurz geschlossen, dass wir wieder heißes Wasser bekommen – perfekt für mich, gerade noch im Rahmen des Erlaubten für ihn, und ein Kinderspiel für den Elektriker, der uns durch Geräusche am Haus am Montag weckt.

Der hat sich nämlich ohne Umstände oder gar ein aufdringliches Klopfen an unserer Tür an die Arbeit gemacht und ein heiles Relais eingesetzt – keine Unterschrift, keine Erklärungen, gar nichts ist notwendig. Schließlich haben wir für den Heißwassertank ja eine offizielle Erlaubnis.

Ob der Rest für uns genauso leicht wird wie für Chris und Lin, müssen wir allerdings noch herausfinden. Wir wohnen nämlich inzwischen in einem Haus mit vier Schlafzimmern, aber nur einer Toilette, und hätten gern eine zweite dazu.

Aber wie gesagt, ohne Genehmigung läuft hier kein Umbau, Einbau und schon gar nichts, was mit Abwässern verbunden ist. Und ich möchte nicht mit Schimpf und Schande und in Handschellen ausgewiesen werden, weil ich illegal gespült habe.

❧ 4 ☙

Einfach tierisch

Einfach tierisch

Wie naiv kann man sein? Manchmal ist der unerschütterliche Optimismus meiner neuen Nachbarn schwer zu verstehen, genau wie das Vertrauen in liebgewordene Mythen.

Ich spaziere friedlich mit Tina durch ihren Garten. Sie plant bereits, welche von ihren Rosenstauden mit umziehen sollen und welche zurückbleiben. Don sitzt unter einem Apfelbaum. Bienen summen, Vögel zwitschern, und eine Wespe steuert auf mich zu. Ich zucke zusammen.

„Was ist?" fragt Don.

„Eine Wespe. Ich bin allergisch gegen Wespenstiche."

Er lacht; ein überlegenes, tief aus dem Zwerchfell kommendes Lachen. „Du bist nicht mehr in Deutschland, Carmen."

Vielen Dank, denke ich, das wäre mir gar nicht aufgefallen.

„Als ich mit Tina in Berlin war, wimmelte es von Wespen, aber das waren deutsche. Unsere Wespen sind viel harmloser. Sie stechen nicht, und selbst wenn sie stechen würden, sind sie nicht giftig."

Zwei Minuten später betrachtet er mit ratloser Miene meinen rasch anschwellenden Oberarm. „Das verstehe ich nicht. Unsere Wespen stechen wirklich nicht."

Tina kommt mit einer halbierten Zwiebel

angerannt. „Das sollte helfen" sagt sie, als sie die Zwiebel über die Einstichstelle reibt. „Aber Don hat Recht, neuseeländische Wespen stechen nicht." Inzwischen ist mein Arm extrem schmerzhaft, und ich kann ihn kaum beugen.

„Vielleicht solltest du doch in die Apotheke gehen?" sagt sie.

Der Angestellte in der Apotheke ist jung, hilfsbereit und mit meinem Fall überfordert. „Es sieht nach einer allergischen Reaktion aus", sagt er nach einem Blick auf die kinderfaustgroße Schwellung. „Aber eigentlich kann das nicht sein. Neuseeländische Wespen stechen nicht. Und selbst wenn sie stechen sollten, sind sie nicht giftig."

Ich nicke schwach.

Er kramt in den Antihistaminen herum. „Diese Salbe könnte helfen", sagt er unschlüssig. „Aber eigentlich weiß ich nicht so recht. Unsere Wespen sind wirklich nicht giftig."

„Möglicherweise ist sie per Schiff aus Australien gekommen", sage ich, mehr aus dem selbstsüchtigen Grund, ihn dazu zu bringen, mir die Salbe endlich zu geben, als um ihn zu beruhigen. Obwohl er sehr grüblerisch aussieht.

Seine Miene hellt sich auf. „Natürlich", sagt er und öffnet schwungvoll die Kasse. „Giftige, aggressive Tiere. Typisch für Australien, so etwas."

Er schüttelt sich leicht, als ich bezahle. „Zum Glück stechen unsere einheimischen Wespen nicht, und giftig sind sie auch nicht."

Als ich mit immer noch geschwollenem Arm zu Tina zurückkehre und ihr die Geschichte erzähle, grinst sie.

Don hingegen nickt nur. „Darauf hätte ich selbst kommen müssen." Er steht auf, um sich ein Glas Wasser aus der Küche zu holen.

Tina seufzt. „Das werde ich im nächsten Haus vermissen. Das Wasser ist überall in Neuseeland wunderbar, aber hier aus dieser Leitung kommt das beste Wasser der Welt. Ich wünschte, ich könnte es mitnehmen."

„So gut?"

„Natürlich. Guck dich doch um, wie sauber und klar Flüsse und Seen sind, und erst die Gletscher am Milford Sund ..."

Ich korrigiere sie ungern, aber ich habe in der Zeitung etwas anderes gelesen. „Für Cheviot in Nordcanterbury haben sie die Anweisung verlängert, Trinkwasser abzukochen."

„Ein Einzelfall", sagt Don. „Nicht der Rede wert, und überhaupt stellen sich die Behörden bei so etwas immer übervorsichtig an."

Ich denke an die Abwasserrohre, die an manchen Stellen ins Meer führen, an Schlachthöfe, deren flüssige Rückstände mit Sondergenehmigung direkt in den Fluss geleitet werden ... Auch in Neuseeland geht es um Geld und Sparmaßnahmen.

„Das ist alles nicht so schädlich, wie ihr Europäer immer denkt", sagt Don. „Wirklich. Wir haben das sauberste Wasser der Welt, die intakteste Umwelt ..."

„Und ungiftige Wespen."

„Genau. Du hast ja selbst festgestellt, dass das Tier, das dich gestochen hat, aus Australien gekommen sein muss. Die Wespe kam mir auch gleich ein bisschen groß vor."

Ich gebe auf. Was erwarte ich auch von einem Mann, der mit dem felsenfesten Glauben an die Überlegenheit Neuseelands im Vergleich zum lauten, reichen und nach gängiger Meinung so viel gefährlicheren Australien aufgewachsen ist.

Verstehen kann ich das schon. Das giftigste Tier Neuseelands ist die White Tail Spider, eine kleine Spinne mit weißem Fleck auf dem Hinterleib, und auch ihr Biss ist nicht tödlich.

Während es in Australien von Giftspinnen, gefährlichen Schlangen und tödlichen Fischen wimmelt, sind die Kiwis stolz auf ihre fluglosen Vögel und die Insektenvielfalt. Das berühmteste Insekt ist die uralte Wespenabart Weta, nach der das durch Peter Jacksons Filme bekannt gewordene Animationsstudio in Wellington benannt ist. Die Biester sind riesig, aggressiv und relativ selten (obwohl mein Freund James, als er in der Badewanne saß und eine Weta vor sich sah, so laut geschrieen hat, dass er drei Tage vor lauter Heiserkeit fast stimmlos war – problematisch für einen Unidozenten).

Damit hat es sich aber auch. Säugetiere sind erst mit den Menschen nach Aotearoa, dem Land der großen weißen Wolke, gekommen. Wenn sich inzwischen auch einige, wie Possums, Kaninchen und Schweine, unkontrolliert vermehrt haben (25.000 frei lebende Schweine soll es inzwischen geben, und Schweinejagden sind beliebte Freizeitveranstaltungen), so sind sie doch verhältnismäßig harmlos.

Damit es so bleibt und nicht ungebetene Gäste das Land überfallen, sind die Biosicherheits-Maßnahmen auf dem Flughafen und auch in den Häfen rigoros. Obwohl, selbst bei der strengsten Überprüfung und gezieltem Einsatz von Chemikalien kann eine Wespe durchs Sicherheitsnetz fliegen. Eine andere Erklärung für meinen Arm, der erst nach zwei Wochen komplett abschwillt, gibt es nicht.

Das bestätigen mir auch ein halbes Dutzend Nachbarinnen im Playcentre, nachdem sie meine einhändigen Bemühungen beim Fußboden Wischen bemitleidet haben. Neuseeländische Wespen, sagen sie mir alle, stechen nicht, und wenn doch, sind sie sowieso nicht giftig.

∽ 5 ∾

Integration für Anfänger, oder Die Kunst des Wartens

Frei, das heißt allein – zumindest in der Anfangszeit. Nach sechs Wochen als Neu-Kiwis beschränkt sich mein soziales Umfeld noch immer auf Tina, den dunkelhaarigen Wirbelwind aus Berlin, ihren tatkräftigen Partner, der sich gerade als Handyman selbstständig macht, und Chris und Lin. Es wird Zeit für die Integration. Am besten geht das als Hundebesitzer (nicht umsonst gelten Vierbeiner als Flirthilfe im Park) oder, wenn man wie ich keinen Hund hat, mit Hilfe eines Kindes.

Direkt um die Ecke ist ein Playcentre, eine von Eltern geleitete offizielle Spielgruppe. Willkommen ist jeder, der bereit ist, mit

Integration für Anfänger, oder Die Kunst des Wartens

anzupacken. Ein Dutzend Kinder zwischen ein und fünf Jahren amüsieren sich in dem weißgestrichenen Holzgebäude, als wir unseren Einstandsbesuch machen. Meine Tochter steuert zielstrebig auf die Sandkiste im Garten zu, und ich werde mit einem Becher sehr heller Flüssigkeit, die mir als Kaffee serviert wird, hingesetzt.

Suzie, die angestellte Aufsicht, erklärt mir die Regeln, während die beiden Mütter, die ihr heute helfen, vorlesen, Nasen putzen und aufpassen, dass alles glatt läuft.

Alles, was ich tun muss, um Mitglied zu werden, ist assistieren und eine geringe Summe pro Sitzung zahlen. Assistenz bedeutet, nach festem Plan die geblümte Schürze umzubinden, die mich als Elternhilfe ausweist, und einen Kursus absolvieren. Oh.

Suzie klopft mir beruhigend auf die Schulter und schiebt ihre rutschende Brille hoch. „Kein Problem", sagt sie. „Das ist das reinste Kinderspiel."

Sie guckt über meine Schulter und springt hoch. Ein blondgelockter Knabe ist über seine Füße gestolpert und muss aufgehoben werden. Als zukünftiges Mitglied mache ich mich gleich nützlich und gehe ihr aus dem Weg, bevor ich ein paar Bauklötze aufhebe. Inzwischen ist es halb zwölf, und Zeit zum Zusammenpacken.

„Du musst nicht helfen", sagt Suzie.

Ich winke ab. „Kein Problem. Was soll ich tun?"

Sie reicht mir eine Checkliste. Meine Augen treten fast aus den Höhlen. Farbtöpfe reinigen, Pinsel auswaschen, Tische reinigen und desinfizieren, Matten wegräumen, Sandkistenspielzeug wegräumen, Sandkiste abdecken ...

Ich blättere um. Der Einwanderungsdienst hat weniger umfangreiche Listen.

„Ähm", sage ich, aber Suzie delegiert bereits Jobs. Mir, als Anfängerin, wird nicht all zu viel zugemutet, und wenigstens trägt meine Art, schwere Gymnastikmatten zu schleppen, zum heiteren Ton bei.

Victoria, eine neuseeländische Keira Knightley, zeigt mir die richtige Technik, für die ich mir lediglich die nötigen Muskeln zulegen muss.

Das ist noch etwas, was sie einem beim Einwanderungsantrag verschweigen: Wer sich in der Fremde niederlassen will, sollte vorher Gewichte stemmen.

Überhaupt ist unter der familiär wirkenden Oberfläche so manches anders. Wie ich schnell feststelle, muss ich eine neue Tugend lernen: Geduld. Die Kiwis haben im Laufe der Jahrzehnte das Warten zu einer Kunstform verfeinert. Mal eben schnell in einen Laden gehen und etwas einkaufen, klappt selten. In

Integration für Anfänger, oder Die Kunst des Wartens

den ersten Tagen in Neuseeland empfand ich das als angenehme Abwechslung in einem Land, das sich nur durch die geographische Lage und seine Pflanzenwelt von Europa unterscheidet.

Die Einwanderer (Neuseeland besteht zu 100 Prozent aus „Zugereisten", weil auch die Maoris erst im zehnten Jahrhundert von Polynesien aus Nord- und Südinsel besiedelt hatten und den Briten damit 900 Jahre zuvorgekommen waren) haben alles mitgebracht, was sie an zu Hause erinnert hat – Architektur, Gartenanlagen, Pflanzen, Tiere und ihre besten Sonntagsmanieren, und das macht sich überall bemerkbar.

Wo immer ich hinkomme, lautet die Begrüßung: „Wie geht es Ihnen heute?" Noch – und das identifiziert mich sofort als Nicht-Kiwi – murmle ich ein rasches „Danke, gut", und versuche zur Tagesordnung überzugehen. Wenn man mich lässt.

Meist lässt man mich nicht. Auf der Suche nach einem Sofa habe ich mehreren Verkäuferinnen meine halbe Lebensgeschichte erzählen müssen (ja, ich komme aus Deutschland, ja, ich finde Neuseeland wunderschön, ja, die Deutschen bauen noch immer die besten Autos der Welt), und im Gegenzug Kinder- und Enkelgeschichten gehört und alles Wissenswerte über das Wetter in

Christchurch und Umgebung gehört, während mein Lächeln immer mühsamer wurde.

Nicht, dass ich mich nicht gerne unterhalte. Aber die Läden sind zwar an sieben Tagen pro Woche geöffnet, schließen dafür jedoch schon um 17.30 Uhr. Und wenn die Verkäufer und Verkäuferinnen einmal anfangen, zu erzählen, kann das dauern.

Warten, warten, warten heißt das Motto sogar im Supermarkt. Kurze Schlangen, die nach deutschen Durchschnittserfahrungen sechskommaneun Minuten bis zum Bezahlen bedeuten, können einen in Neuseeland die dreifache Zeit kosten, weil auch hier die erste Frage (die Kiwis müssen von Geburt an ein eingebautes Höflichkeitsprogramm besitzen) lautet: „Und wie geht es Ihnen heute?"

Und weil jeder darauf ausführlich antwortet, werde ich immer deutscher, sprich ungeduldiger. Vor allem, wenn es spät ist und ich müde und hungrig bin. Es sei denn, ich treffe auf eine Kassiererin wie Emma.

Sie hört, wie ich mich mit meiner Tochter unterhalte, und fragt freundlich: „Wie geht es Ihnen heute? Gut? Wunderbar. Kommen Sie aus Deutschland?"

Ich nicke.

„Wie aufregend", sagt sie. „Ich habe versucht, in der Schule Deutsch zu lernen. Aber die Grammatik ist so schwierig."

Emma seufzt und strahlt dann wieder. „Wie gäit eees Ihnähn? Ist das so richtig?"

Jetzt strahle ich. Kurz üben, und Emmas Deutschkenntnisse sind deutlich erweitert. Nur der Mann, der mit seinem Einkaufswagen hinter mir steht, tritt allmählich von einem Bein aufs andere. Eindeutig ein Neuankömmling. Höchste Zeit, dass er die Kunst des Wartens erlernt.

❧ 6 ☙

Postservice mit kleinen Tücken

Das Postamt ist mein neuer bester Freund. Wann immer eine Rechnung in meinem Briefkasten liegt – leider viel zu häufig –, begleiche ich sie nicht online, sondern im nächsten Postshop. Auch die Straßenbenutzungsgebühren, das neuseeländische Equivalent zu unserer Kfz-Steuer, habe ich so binnen einer Fünf-Sekunden-Transaktion bezahlt. Ich kann im Postamt meine Adresse ändern, ein Auto anmelden, ein Konto eröffnen und sogar Briefmarken kaufen. Alles kein Problem und gebührenfrei obendrein.

Allerdings hat auch die angenehm effiziente neuseeländische Post ihre Tücken. Nach unserem Auszug aus einem Motel in ein kurzfristig gemietetes Haus auf dem Lande war ich glücklich, endlich eine feste, wenn auch vorübergehende, Anschrift zu haben. Ich teilte sie meiner Bank mit. Ich teilte sie der Telecom mit. Ich teilte sie meiner Autoversicherung mit. Ich teilte sie Freunden und Familie in Deutschland mit.

Jeden Morgen eilte ich die 200 Meter zum Briefkasten. Jeden Morgen wurde ich enttäuscht. Nichts. Kein Brief, keine Postkarte, nicht einmal lästige Werbung. Und dann kamen plötzlich die Anrufe: „Wo bleiben die ausgefüllten Versicherungspapiere?", fragte meine Autoversicherung. „Wieso kommt unser Schreiben zurück?", fragte meine Bank.

„Wieso bekomme ich meine Briefe nicht?", fragte ich die nette Frau im Postamt. Des Rätsels Lösung bestand in zwei Buchstaben: RD. RD bedeutet Rural Delivery, also Landpost, und die hatte ich nicht schriftlich beantragt. Unsere Vermieterin hatte vergessen, diese Kleinigkeit zu erwähnen, weil jeder Kiwi, der außerhalb der Städte wohnt (also rund die Hälfte des Vier-Millionen-Volkes), Landpost bekommt und sie bei jedem Umzug automatisch beantragt. Und da Tina seit 16 Jahren hier lebt, ist Rural Delivery für sie so selbstverständlich wie das Atmen. Und man erzählt ja auch niemandem, wie er Luft holen muss.

Da unser mündlicher Mietvertrag aber nur noch fünf Tage andauern sollte und ich nicht riskieren wollte, meine Post zwar zugestellt zu bekommen, aber an die falsche Adresse, füllte ich ein Formular aus mit der Bitte, meine Post zurück zu halten.

„Tja", sagte die Schalterdame, „das kann drei Tage dauern, bis das passiert."

Ich hielt die Luft an. Sie überlegte kurz: „Ich rufe mal im Postraum an. Vielleicht geht es dann schneller." Und tatsächlich: Es klappte. Jedes Mal, wenn wir in den nächsten fünf Tagen am Postamt vorbeikamen, fragten wir im Postraum nach Schreiben für uns. Beim ersten Mal mussten wir uns ausweisen (Hochstapler bekommen hier keine Chance), danach kannte der Diensthabende uns bereits.

Jetzt habe ich eine richtig feste Adresse, bekomme wie gesagt bereits viel zu viele Rechnungen, aber ich habe die Tücken der Landpost gemeistert – im Gegensatz zu einigen Einheimischen. Obwohl wir in unserer Bank bereits zwei Mal im Computer unsere neue Anschrift haben eingeben lassen, schickt die dortige Verwaltung hartnäckig jeglichen Schriftwechsel an die alte Adresse. Von dort gehen die Briefe zurück und werden umgeleitet – selbstverständlich nicht auf dem kürzesten Weg, sondern bevorzugt über Wellington und Auckland auf der Nordinsel.

Auf diese Weise bekommt meine Post mehr vom Land zu sehen als ich bisher.

Postservice mit kleinen Tücken

Unser weitester Ausflug bisher war eine Fahrt durch die unglaublich schönen, zum Teil jetzt mitten im Herbst schon mit Schnee bedeckten südlichen Alpen an die Westküste.

So allmählich muss ich mir etwas einfallen lassen, damit meine Bankpost nicht mehr Kilometer zurücklegt als ich.

Vielleicht kann mir die Frau im Postamt weiterhelfen. Aufsuchen muss ich sie sowieso. Es ist schon wieder eine Rechnung gekommen. Und wenn ich versuche, die über meine Bank zu bezahlen, kostet mich diese Transaktion fünf Dollar.

Glücklicherweise ist es eines der Hauptanliegen unserer Postangestellten, ihren Kunden beim Sparen zu helfen. Da so gut wie jeder Kiwi Familie im Ausland hat, und wenn es 'nur' die pazifischen Inseln oder Australien sind, machen sich Portogebühren schnell bemerkbar. Vor allem, wenn es sich um Päckchen oder gar Pakete handelt. Ich tue, was ich kann, um der netten Dame hinter dem Schalter die Aufgabe zu erleichtern und quetsche, falte und reduziere, was das Zeug hält (und, nein, das ist nicht einfach, wenn es sich um einen Schmuckkasten in einem gepolsterten Umschlag handelt).

Aber jeder Millimeter Dicke macht einen Unterschied, und die gute Frau hinter dem Schalter bekommt schon wieder ihren tragischen Rehblick bei dem Gedanken, dass ich kostbare Dollar verschwende. Sie presst ihre Hand mit sanftem Nachdruck auf den Umschlag, bis er durch die Klappe passt.

Sie atmet auf. Ich auch. Sie beugt sich vor, mit Verschwörerblick. Ich beuge mich ebenfalls vor. „Okay", sagt sie. „Wie wollen wir das ganze schicken? Express, normale Luftpost oder per Schiff? Express ist sehr teuer."

„Wie hoch ist der Unterschied zwischen Luftpost und Schiff?" Sie wirft erneut einen Blick auf ihren Computer. „Zwei Dollar vierzig. Wann muss es denn da sein?"

Ich gucke beschämt auf den Boden. „Meine Schwester hat in zwei Wochen Geburtstag."

„Oh." Ich weiß, ich hätte besser vorbereitet sein sollen.

„Luftpost?" Sie hat bereits den Ordner mit den Briefmarken in der Hand. Ich nicke. Sie lächelt mich an. „Ich vergesse so etwas auch immer. Peinlich, wenn man im Postamt arbeitet, oder?" Wir tauschen ein Grinsen aus.

Am gleichen Abend ruft meine Mutter an. Sie war bei der Post, um ein Päckchen an mich abzuschicken. Da jedes Gramm zählt, hatte sie ihre Sendung nicht schon zu Hause fertig gemacht, sondern auf die Waage im Postamt vertraut. „Drei Mal musste ich mich wieder anstellen", sagt sie.

„Hast du dafür wenigstens die günstigste Möglichkeit gewählt?" frage ich.

„Das glaube ich nicht", antwortet sie mit resigniertem Unterton. „Zumindest konnte mir die Schalterdame das nicht sagen, weil sie zu viel zu tun hatte."

Ich mache mir eine gedankliche Notiz, meiner Mutter demnächst etwas zu schicken. Meine Schalterdame ist nie zu beschäftigt, um zu helfen.

⊂ℜ 7 ℘

STRANDLEBEN

Nach Feierabend geht es an den Strand. Oder an einen der Strände. Bei mindestens 15.000 Kilometer Küste (die genauen Abmessungen sind dank der zerklüfteten Landschaften schwierig) lassen sich mühelos diverse Strände in der Nachbarschaft finden. Schließlich ist man selbst in der Landesmitte geographisch nie weiter als 128

Strandleben

Kilometer vom Meer entfernt.

Da es aber auch gerade in Canterbury ziemlich windig werden kann, kommt es bei der Zielbestimmung auf die Pläne für den Strandbesuch an. Was Surfer begeistert, lässt mich frösteln.

Hoch im Norden ist das Wasser drei Viertel des Jahres so mild, dass selbst zimperliche Einwanderer sich bedenkenlos in die Fluten stürzen können. In Christchurch und Umgebung sind wir vernünftiger, obwohl die Krimiautorin Paddy Richardson, die mir mit meinem Erstlingsroman „The Case of the Missing Bride" mit Rat und Tat zur Seite gestanden hat, ein Jahr lang jeden Tag im Meer gebadet hat. Und das in Dunedin, einer Stadt, die an regelmäßige Schneefälle im Winter gewöhnt ist.

Zum Picknicken, Muscheln Sammeln und Schwimmen ist der Strand in fünf Minuten Entfernung akzeptabel, auch wenn er etwas steinig ist. Meine Tochter hat sich binnen kurzem daran gewöhnt, über Felsbrocken zu klettern und, als sie sicher schwimmen kann, von einem Seil an einem Baum mit ihren Freunden ins Wasser zu springen.

Meine Fußsohlen bleiben verweichlicht. Daher stammt auch meine Vorliebe für Christchurchs inzwischen hochpreisigen Vorort Sumner. Feiner goldener Sand, Wasser, das von Schwimmern, Surfern und Kiteseglern bevölkert ist, und vor allem ein Planschbecken für die Kinder in Strandnähe sind perfekt für meine Zwecke.

Als Brillenträgerin ziehe ich es vor, mein Kind bei den ersten Schwimmversuchen sehen zu können, und niedriges Wasser ist mir auch lieber.

In Sumner gibt es im Sommer zwar Lebensretter, und überall stehen Warnschilder, dass nur zwischen den Flaggen geschwommen werden sollte, aber es gibt immer wieder Leute, die sich nicht daran halten. So friedlich der Ozean auch aussieht, wenn an einem wolkenlosen Tag die Sonne auf den sanften Wellen glitzert und sich goldene Streifen in tausende Kaleidoskope verwandeln, das Meer ist gefährlich. Versteckte Strudel können selbst erfahrene Schwimmer unter die Oberfläche ziehen und binnen kurzem ins offene Meer hinaus ziehen.

Doch wir bleiben eh brav im flachen Wasser, oder wir bauen Sandburgen, sonnen uns (Sonnenschutz ist selbst im Winter Pflicht) oder sitzen im einzigen Strandcafé von Sumner. Ist Tina mit ihrem Hund dabei, beschränken wir uns auf den Strandabschnitt, auf dem Hunde erlaubt sind.

Weil Strände und Küstenspaziergänge aus dem neuseeländischen Alltag nicht wegzudenken sind, werden sie soweit möglich allen Bewohnern zugänglich gemacht. Speziell für Rollstuhlfahrer und Gehbehinderte markieren rutschfeste Matten nicht nur in Sumner einen sicheren Weg an den Strand.

Bei einem Ausflug an die Westküste zum Cape Foulwind, wo eine Kolonie Pelzrobben sich resigniert daran gewöhnt hat, aus gebührender Entfernung von Menschen besichtigt zu werden, spazieren wir trotz steiler Klippen leichtfüßig über den breiten Walkway, der aus lückenlosen Holzpfaden mit bequemen Balustraden besteht.

Unterwegs überholt uns eine 80-jährige Holländerin samt ihrem Mann. Er sitzt im Rollstuhl, sie benutzt Nordic Walking-Stöcke. Dass die beiden schneller sind, liegt allerdings nur daran, dass es für mich schwierig ist, nicht alle paar Schritte stehenzubleiben und das Meer auf der einen Seite und den Busch auf der anderen zu bewundern.

Die Westküste ist so spektakulär mit ihrer ungezähmt wirkenden Natur, dass sie von jeher Abenteurer und Künstler anzieht. Von subtropischem Regenwald, Höhlen mit Glühwürmchen bis zu den Gletschern im Milford Sund reicht das Spektrum. Kein Wunder, dass der neuseeländische Regisseur Peter Jackson seine „Herr der Ringe" – Trilogie in seinem Heimatland gedreht hat.

Seitdem zieht es Jahr für Jahr

Besucherscharen auf Spurensuche. Wer allerdings das Land der Hobbits komplett erkunden will, muss Zeit mitbringen. Gedreht wurde von Matamata in der Region Waikato bis zu Fiordland im tiefen Süden.

Canterbury ist mit Mount Sunday verewigt, einem kargen Hügel im Hochland des Distrikts Ashburton.

Doch auch Nicht-Hobbit-Fans erliegen dem Zauber des Landes. Nur Strandmuffel und notorische Stubenhocker werden an Neuseeland wenig Freude haben.

~ 8 ~

OHNE WERKSTATT GEHT ES NICHT

„My home is my castle" – mein Haus ist meine Burg: Mit diesem britischen Wahlspruch auf den Lippen mögen die ersten Siedler Anfang des 19. Jahrhunderts nach Neuseeland aufgebrochen sein. Etliche Generationen später jedoch sieht die Sache ein bisschen anders aus. Jetzt steht die Werkstatt ihrem Herzen am nächsten.

„Jeder Kiwi ist ein Bastler", steht in einem meiner Reiseführer. „Jeder Kiwi ist ein Bastler", sagen unisono sogar die Immobilienmakler.

Wie sehr das stimmt, haben wir gleich am Beginn unserer Suche nach einer familientauglichen Unterkunft gemerkt. Ganz gleich, wie groß das Grundstück ist, ganz gleich, ob es auf dem Lande oder in der Stadt liegt, es wird eine Vielzahl von Gebäuden aufweisen.

Wir haben ein Haus mit drei Schlafzimmern besichtigt, an das eine Doppelgarage angebaut war, neben der ein Carport stand, hinter der sich ein Riesenschuppen befand – die Werkstatt. Garten blieb übrigens kaum übrig, schließlich maß das Grundstück nur 700 Quadratmeter.

Unsere ersten Vermieter, Don und Tina, wohnten fünf Jahre lang gemeinsam mit drei Söhnen in einem Drei-Schlafzimmerhaus. Sie hatte sich in das 6000-Quadratmeter-Grundstück verliebt und er in die Werkstatt – eine 300 Quadratmeter große Halle mit drei Meter hoher Decke und reichlich Platz für seine (übrigens sehr talentierten) Metallarbeiten.

Das Wohnhaus bot nicht ganz so reichlich Raum, aber da Kiwis bekanntermaßen Bastler sind, fanden die zwei eine gute Lösung. Don baute kurzerhand eine Wohnung an die Werkstatt an, plus einem zusätzlichem separaten Schlafraum – schon konnten Langzeitbesucher aus Deutschland untergebracht oder der Teenager ausquartiert werden.

Ich staunte am Anfang über Dons handwerkliche Fähigkeiten. Aber nicht lange: Fast jeder Kiwi baut zumindest seine Schuppen selbst oder ändert kurzerhand den Grundriss seines Hauses – eine ganze Nation von Bastlern.

Die Erklärung dafür ist geographisch bedingt. Neuseeland, diese zuletzt besiedelte große Landmasse der Erde (von der Antarktis mal abgesehen), ist weit, weit weg von allem. Sein nächster Nachbar ist Australien, und auch Australien ist weit, weit weg von allem. In Neuseeland leben bedeutete von Anfang an, sich mit dem zu begnügen, was in der Nachbarschaft zu haben war, kaputte Dinge zu reparieren – oder ganz ohne sie auszukommen.

Von Autos über Möbel, von Teppichen bis zu Erntemaschinen: Ersatz war bis vor wenigen Jahren schwer zu bekommen oder schlicht unbezahlbar. Also wurde ein Weg gefunden, wichtige Dinge funktionsfähig zu erhalten.

Häuser wurden im 19. und 20. Jahrhundert aus Holz so solide gebaut, dass sie selbst ohne Architekteneinfluss heute noch ihren Marktwert haben. Autos, die hier alle sechs Monate zu einer Art TÜV müssen, sind selbst als Vorkriegsmodelle keine Seltenheit.

Weil wegwerfen oder verschrotten und neu kaufen nie eine Alternative war, hat sich hier die wohl einzige westliche Nation entwickelt, die von Anfang an schonend mit ihren Ressourcen umgegangen ist (bis auf die Wälder, die allerdings seit fast vier Jahrzehnten auch wieder massiv aufgeforstet werden).

Über mehrere Generationen hinweg hat sich so offenbar ein von der Wissenschaft noch nicht erforschtes Bastler-Gen entwickelt. Number Eight Wire Mentality heisst das hier, nach dem Draht, auf dem so manche Farm und

Kleinbetrieb aufgebaut ist.

In jeder Kleinstadt gibt es mindestens einen Baumarkt, der alles anbietet von Schrauben bis zu Fertiggipswänden in diversen Maßen. Wir gehen nicht mehr ohne Einkaufsliste los, und selbst dann dauert es mindestens eine Stunde, ehe wir zur Kasse können. So groß sind diese Läden. Und so unendlich die Auswahl an Werkzeug, das wir eventuell noch brauchen können.

Bei uns sind nämlich Garage und Werkstatt kombiniert, was erklärt, warum wir so mühelos ein Haus gefunden haben. Es bietet nur 34 Quadratmeter zum Arbeiten und Parken – genug für eine deutsche Familie, aber etwas wenig für richtige Kiwis.

Darum haben auch Don und Tina schon so manches Mal ihren Entschluss bereut, ihr Haus auf dem Lande zu verkaufen und sich wegen der Söhne in der 20.000 Einwohner zählenden Stadt Rangiora niederzulassen. Das Haus ist zwar deutlich größer, der Garten immer noch geräumig genug, um einen Pool unterzubringen, aber Garage und Werkstatt winzig im Vergleich zu dem, was sie aufgegeben haben.

In ihrem alten Haus wohnt jetzt übrigens ein sammelwütiges Rentnerpaar. Gekauft haben die Senioren es wegen des Schuppens. Er hat dort drei bei Ausstellungen preisgekrönte Traktoren aus den 40er und 50er Jahren stehen und sie 58

Nähmaschinen aus neun Jahrzehnten. Sowohl Traktoren wie Nähmaschinen funktionieren noch tadellos.

Jeder Kiwi ist halt auch ein Bastler, was übrigens ansteckend ist. Vor unserer Haustür und dem Wintergarten ist eine Terrasse aus bröckelndem Beton, die weder ästhetisch noch kinderfreundlich ist. Holz würde bedeutend besser aussehen, und fast alle Nachbarn haben ein solches Deck.

„Wie lange dauert es, so etwas zu bauen?" frage ich meinen Mann in meiner Arglosigkeit.

Er guckt auf die Terrasse. Er guckt auf meine Arme. „In einer halben Stunde ist das nicht getan."

„Natürlich nicht. Wann fangen wir an?"

Den Anfang machen die Maße. Ich halte das Maßband, mein Mann zieht es straff, mein Kind tanzt um uns herum. Dann rechnen wir die Ergebnisse in Holzbretter um. Zweimal müssen wir fahren, bis der Stapel in der Garage reichen sollte. Mit Lineal und Bleistift markieren wir, wo die einzelnen Bretter abgesägt werden müssen.

Dann kommen die Stützen zum Einzementieren. Unsere Zementmischung erweist sich als weniger erfolgreich als geplant, also fangen wir nochmal von vorne an. Die Kreissäge gibt drei Bretter vor dem Ende den Geist auf, aber das ist mir egal. Unser erstes eigenes Bauprojekt!

Ich erweise mich als erstaunlich nützlich, und wenn ich den Hammer nach dem zehnten Nagel beidarmig führe, ist das eine vernünftige Lösung, wie auch mein Kind findet. Mein Rekord sind 74 Nägel an einem Nachmittag, an dem ich außerdem noch drei Bücher vorlese und einen Kuchen backe. Ich muss doch einen Tropfen Pionierblut in meinen Adern haben.

Drei Wochen verschlingt unser Projekt (deutsche Gründlichkeit!), und danach reicht es erstmal.

Meine Muskeln schmerzen, das Kind langweilt sich, und man soll es schließlich nicht übertreiben. Obwohl, in unserem Gartenschuppen müsste dringend ein neuer Holzfußboden verlegt werden ...

⊗ 9 ⊗

DER LOCKRUF DES GELDES

Willkommen, Globalisierung: So, wie jedes Jahr Zehntausende nach Neuseeland einwandern, wandern die Kiwis auch. So musste die damalige Premierministerin Helen Clark (deren Haarschnitt hier übrigens genauso wenig Anklang fand wie in Deutschland Angela Merkels Frisur) bei einer Berlin-Visite verwundert feststellen, wie viele neuseeländische Autoren, Musiker und andere Künstler in Deutschlands Hauptstadt gezogen hat.

Das könnten in Zukunft noch deutlich mehr werden. Neuseeland hat seinen eigenen „Brain Drain", die Abwanderung der klugen Köpfe, entwickelt. Und die Misere ist hausgemacht.

Wie so oft, begann die Entwicklung mit einer gut gemeinten Reform. Neuseeland stellte

Anfang der 90er-Jahre fest, dass es im Land zu wenig Studenten gab. Also wurde kräftig in die Bildung investiert, indem ein Millionenbudget für Studentendarlehen bereitgestellt wurde. Zwar ist auch hier eigentlich Bildung kostenfrei, aber nicht an jeder Schule und an jeder Universität.

Die Investition in die Bildung hat sich ausgezahlt. Gewissermaßen. Neuseelands Schulen und Universitäten haben weltweit einen hervorragenden Ruf, die Zahl der Akademiker ist drastisch gestiegen, die Kiwi-Absolventen sind weltweit begehrt. Und hoch verschuldet. Die Studiendarlehen müssen zwar erst abgezahlt werden, wenn die Absolventen einen Job haben und mehr als rund 17000 Dollar im Jahr verdienen (das sind fast 10.000 Euro!).

Wer diese Hungerlohnschwelle überschreitet, bekommt automatisch zehn Prozent vom Gehalt abgezogen und muss zudem seinen Studentenkredit mit sieben Prozent verzinsen. Ergebnis: Die Uni-Absolventen packen ihre Koffer und gehen nach Australien oder Übersee, wo sie fast immer mühelos einen Job finden und genug bezahlt bekommen, um nicht nur von ungebuttertem Toast und Leitungswasser leben zu müssen.

Hierzulande gibt es geteilte Meinungen über die Folgen für Neuseeland. Einige Experten, auch in der Regierung, sehen in dem

Schuldenberg der Jungakademiker eine Ursache für den noch immer herrschenden Mangel an Fachkräften sowie einen beginnenden Geburtenrückgang.

Bisher las sich die typische Kiwi-Biographie so: Schule, Ausbildung oder Studium, dann ein, zwei Jahre bei vollem Gehalt sparen, um für fünf bis zehn Prozent Eigenkapital ein Haus zu finanzieren und eine Familie mit zwei, drei oder vier Kindern zu gründen – das alles bereits mit Mitte 20, wohlgemerkt.

Jetzt sieht es so aus, dass das Geld im Ausland verdient wird und die männlichen Akademiker mit schon leicht gelichtetem Haupthaar und die weiblichen mit den ersten Krähenfüßchen um die Augen zurückkehren, um ein Haus zu finanzieren und eine Familie zu gründen. Oder auch nicht.

„Meist kehren sie zurück, weil sie Neuseeland einfach im Blut haben", sagt Carol, eine amerikanische Professorin, die an der Universität von Lincoln unterrichtet. „Die Frage ist nur, wann sie sich diese Rückkehr leisten können."

Fast ein Drittel aller Lehramtsabsolventen folgt nach einer neuen Regierungsstatistik unfreiwillig dem Lockruf des Geldes. Das Ergebnis: Neuseeland wirbt um gut ausgebildete Lehrer auch aus Deutschland, die dafür sorgen können, dass die Kiwi-Schulen ihr weltweit überdurchschnittliches Niveau halten können. Weil das kleine Land „Down Under" längst erkannt hat, dass Bildung die wichtigste Ware und Währung der Zukunft ist, womit wir wieder am Anfang der Geschichte angelangt sind.

Obwohl es wie gesagt auch immer wieder Stimmen gibt, die keinen „Brain Drain" erkennen und betonen, dass es für junge Kiwis schon immer normal war, in Übersee Erfahrung zu sammeln. Allerdings bedeutete das zumeist, Verwandte in England zu besuchen, durch Großbritannien zu reisen und Tee zu trinken, statt zu versuchen, die roten Zahlen in schwarze zu verwandeln.

In „The Press" erschien lange eine wöchentliche Kolumne aus Berlin. Geschrieben von einer Kiwi-Journalistin und Schriftstellerin, die eigentlich für zehn Monate als „Artist in Residenz" mit einem Künstlerstipendium nach Berlin gekommen war, um dort zu schreiben. Geblieben ist sie mehr als fünf Jahre. Warum? Berlin gefiel ihr. Und sie verdiente dort deutlich leichter nicht nur das tägliche Brot, sondern sogar das Geld für Butter und Marmelade.

❧ 10 ☙

NUR NEUANKÖMMLINGE MÖGEN ES HEISS

Der durchschnittliche Kiwi ist freundlich, fleißig, hilfsbereit und ehrlich. Nur in einem Punkt kann ihm nichts und niemand die Wahrheit abringen: wenn es ums Heizen geht.

Offene Kamine und Holzöfen sind seit jeher Wärmequelle Nummer eins in Neuseeland – historisch gesehen durchaus verständlich. Wald und Busch gibt es reichlich, die Kiwis forsten zudem seit rund vier Jahrzehnten systematisch wieder auf, und als Alternativen in einem atomkraftfreien Land gibt es fast nur Erdgas und Strom.

Aber die letztgenannten Möglichkeiten auch nur zu erwähnen, löst zumindest bei den Männern unweigerlich einen verblüfften Gesichtsausdruck aus. „Andere Heizungen sind absolut überflüssig", erzählt Don mir, als ich zähneklappernd bei ihm und Tina im Wohnzimmer sitze, wo ein einsamer Scheit im Kamin verglüht.

Ich hätte es ahnen können.

„Es gibt nichts besseres als einen Holzofen", hat mir schließlich schon ein Mann versichert, dessen Haus an Anfang auf unserer Besichtigungsliste stand. Er zeigte stolz auf seinen Kamin. „Der hält das ganze Haus warm."

Und Doppelverglasung? Er lachte kurz. „So etwas Unnützes braucht man hier nicht."

Auch im Playcentre ist es jetzt im Herbst kühl. Das weißgestrichene Holzgebäude stammt aus den 50er Jahren, lange bevor ein Minimum an Isolierung gefordert wurde. Es ist attraktiv, geräumig – und zugig. Die einzigen Wärmequellen sind drei strategisch platzierte Elektroheizgeräte mit je zwei Heizdrähten. Ich behalte die Jacke die ganze Zeit über an.

„Ein bisschen Feuerholz, und es wäre perfekt", sagt Don mit der Miene eines Propheten, als er das Gebäude sieht.

Die Männer hier glauben das wirklich. Wenn das die Macht der Autosuggestion ist, wünschte ich, ich könnte mich auch davon überzeugen. Aber inzwischen ist es fast Winter, und ich achte streng darauf, wann ich wen besuche.

Ist es windstill und sonnig, gibt es keine Beschränkungen. Dann sind hier tatsächlich alle Häuser warm. An windigen, aber sonnigen, beziehungsweise bewölkten Tagen bleibe ich entweder daheim – ich heize mit meinem Holzofen und zusätzlichen elektrischen Heizkörpern, bis ich es nicht mehr ertrage und in zwei Heatpumps investiere, die Wärmepumpe und Klimaanlage in einem sind! –, oder ich achte darauf, mich nur mit anderen Neuankömmlingen zu treffen.

Dann setzen wir uns hin und tauschen Anekdoten aus über die unglaubliche Verbohrtheit der Kiwis, was normale Raumtemperaturen anbelangt. Lin erzählt von einer deutschen Freundin, die treu ihrem Kiwi-Gatten den Rücken stärkt, was seine Verachtung für Heizkörper anbelangt, aber gleichzeitig in zwei Decken gehüllt mit bläulichen Lippen auf ihrem Sofa kauert.

Ich wiederhole die Geschichte einer Nachbarin, die als jungverheiratete Ehefrau im Winter immer das ganze Wochenende mit ihrem Mann im Bett verbracht hat – nur, weil es eine elektrische Heizdecke besaß.

Obwohl zur Ehrenrettung der Kiwis gesagt werden muss, dass allmählich ein Umdenken einsetzt, auch wenn die Weltgesundheitsorganisation die durchschnittliche Raumtemperatur im Winter noch immer als unter dem Weltstandard einstuft.

Es gibt inzwischen Häuser mit

Doppelverglasung und Fußbodenheizung, und sie werden fast ausnahmslos von Einwanderern aus Europa und den USA gekauft (allerdings sind das auch fast die einzigen, die die Preise dafür bezahlen können).

Vor allem die Frauen aus meiner Bekanntschaft haben andere Lösungen gefunden, die sie tagsüber warm halten, ohne die Bindung zwischen ihren Männern und deren Holzöfen zu verletzen: Sie besuchen geheizte öffentliche Einrichtungen wie die in jedem Ort vorhandene Bücherei, gehen in die Einkaufszentren – oder besuchen Leute wie mich, die den Unterschied zwischen einem Kühl- und einem Wohnhaus kennen. Oder sie gehen in den Garten, um sich aufzuwärmen. Das geht in Neuseeland gut.

Das Problem mit der mangelnden Heizwärme ist nicht neu, aber gravierend. Wie fast alles, liegt es zum einen daran, dass Neuseeländer als Pioniere stoisch sind, und zum anderen am mangelnden Geld.

Stromkosten sind hoch, Löhne sind niedrig. Rund die Hälfte der arbeitenden Bevölkerung bekommt lediglich Mindestlohn, und sehr viele Familien erhalten staatliche Zuschüsse, um überhaupt über die Runden zu kommen.

Tina kann sich kaum noch erinnern, wie es vorher war. Dabei verdient Don als Handyman so viel wie seit Jahren nicht. In guten Wochen bringt er um die 500 Euro nach Hause, brutto wohlgemerkt.

Um das große neue Haus anständig zu heizen, reicht es nicht. Der Teenager, der das Zimmer über der Garage hat, wacht morgens mit bläulichen Lippen auf.

Tina hat im Wohnzimmer ein Laufband stehen, auf dem sie nach dem Aufstehen ihre Blutzirkulation in Schwung bringt.

Don natürlich hat so etwas nicht nötig. Warum denn auch, wenn er nur den Kamin öffnen und ein Holzstück oder zwei nachlegen muss. Ansonsten genügt ihm ein weiterer Pullover. Vielleicht ist es auch der Stolz darauf, zu einem unverweichlichten Volk zu gehören, der ihn wärmt.

~ 11 ~

UMZUGSFIEBER

Ich habe noch nicht einmal alle Kisten ausgepackt, und meine Freundin Tina ist schon wieder beim Einpacken, nach neun Monaten im neuen Haus. Es ist falsch gelegen, jetzt, wo Sohn Nummer zwei auf die Höhere Schule in der Innenstadt von Christchurch kommt, der Swimming Pool ist schön, aber macht viel Arbeit, und überhaupt braucht sie einen Tapetenwechsel, der auch die Wände beinhaltet.

Umzugsfieber

„Hast du Zeit und Lust, ein paar Häuser mitzubesichtigen?" fragt sie am Telefon. Liebend gern, und nicht nur, weil sie meine Freundin ist. Zur Integration gehört schließlich auch, sich in den normalen Alltag in der Wahlheimat einzuleben. Und die Kiwis haben ein nationales Hobby (abgesehen vom Sport, aber das ist eine andere Geschichte). Sie ziehen gerne um.

Durchschnittlich sieben Jahre bleibt eine neuseeländische Familie in einem Haus, und wenn man bedenkt, wie viele Farmer es hier gibt, die normalerweise ihre angestammte Scholle nicht verlassen, ergibt sich für den Rest der Bevölkerung eine Art Rotationsprinzip.

Entsprechend leicht wird ihnen das Umziehen gemacht. Für Mietverträge gilt eine Kündigungsfrist von drei Wochen, und bis vor kurzem waren es nur 14 Tage. Und statt wie in Deutschland auf der Suche nach einer Mietwohnung oder Eigentum monatelang Zeitungsinserate zu durchforschen oder verzweifelt zu versuchen, einen Makler dazu zu bringen, einem etwas zu zeigen, das auch nur annähernd den eigenen Vorstellungen entspricht, schnappen die Kiwis sich im Vorübergehen aus den Maklerbüros die Property Press, in der sie in Cafés oder am Strand blättern.

Sogar, wenn sie sich eigentlich in ihrem Haus wohlfühlen, machen sie das. Ist etwas dabei, was sie verlockt, steht der Möbelwagen schon so gut wie vor der Tür.

So wie bei Tina. 14 Umzüge in Neuseeland hat sie hinter sich, vom Strand aufs Land, vom Land in die Stadt, von der Stadt in die Vororte ...

Jedes Mal hofft sie, dass es für immer sein wird. Manche Kiste in ihrer Garage ist seit der Geburt ihres Jüngsten vor sechs Jahren ungeöffnet geblieben. Wir stehen vor dem Stapel, ich fasziniert, sie optimistisch.

„Keine Ahnung, was drin ist", sagt sie. „Aber warte es nur ab, im nächsten Haus werde ich endlich alles auspacken."

Sie wedelt mit einer Liste vor meiner Nase, auf der sie angekreuzt hat, welche Open Homes wir besuchen wollen. Die gibt es für jedes Haus auf dem Markt. An mindestens drei Wochenenden steht ein großes Schild vor der Tür, und schon ist man mittendrin.

Die ersten ein, zwei Open Homes fühlen sich seltsam an, ein bisschen wie unbefugtes Betreten. Der Hausbesitzer verzieht sich normalerweise diskret zu Freunden oder Nachbarn, während Wildfremde in aller Seelenruhe seine Einbauschränke öffnen, die Marke seiner Unterwäsche feststellen oder seine Haarwuchsmittel im Badezimmer begutachten können. Der Makler – ein Beruf, der in Neuseeland so häufig vertreten ist wie in Deutschland Verwaltungsangestellte – animiert die Besucher noch dazu.

Als wir auf der Suche nach einer Unterkunft waren, versuchte ich diskret zu bleiben. Ein kurzer Blick auf statt in die Schränke, eine flüchtige Untersuchung von Schlafzimmern und Bad, alles in den Grenzen guten deutschen Anstands.

Tina hat solche Hemmungen längst abgelegt. Mit leuchtenden Augen guckt sie in die Einbauschränke, die von den Maklern förmlich aufgerissen werden, inspiziert Sicherungskästen, klopft an Wände und sucht nach Schäden in der Decke.

Das erste Haus, ein 70er-Jahre-Bungalow, kommt nicht in Frage, weil der Garten zu klein und nicht einmal Platz zum Ball Spielen ist. Das zweite Haus, eine zweistöckige, graublau gestrichene Holzvilla aus den 20er Jahren, die mich vom Baustil her ein bisschen an die Villa Kunterbunt erinnert, ist attraktiv, mit hohen Decken, geräumigen Zimmern und fast unmöglich zu heizen.

„Schade", sage ich, als Tina mich aus der Tür zerrt. Sie zuckt mit den Achseln. „So ein Haus hatte ich schon mal."

Das dritte Haus in den Port Hills gefällt uns beiden auf Anhieb. Aus solidem Backstein, mit zwei Terrassen, Flügeltüren in drei von vier Schlafzimmern, und einem wildwuchernden Garten, der nur durch ein schmiedeeisernes Tor von einem Waldstück getrennt ist. Noch bevor wir das Haus widerstrebend verlassen, hat Tina den Kaufvertrag so gut wie unterschrieben. Jetzt muss sie nur noch ihre Hypothek aufstocken lassen und ihr eigenes Haus verkaufen.

„Kein Problem", meint sie. „Vier Leute wollten damals mein Haus, schon allein wegen des Pools."

Ich nicke. Ich bin lange genug im Land, um zu wissen, dass das allein ein Argument für einen Umzug ist. Die Kiwis wechseln nämlich hauptsächlich das Domizil, weil sie sich verbessern wollen. Sie kaufen ein günstiges Haus, renovieren, streichen, bauen an und um – und verkaufen es mit einem Profit. Dann erwerben sie ein anderes Haus, renovieren, streichen, bauen an und um und bringen es wieder auf den Markt.

Auf die Weise kommen sie mit wenig Eigenkapital und viel Muskelschmalz irgendwann an das Haus ihrer Träume, bis sie feststellen, dass die Kinder zu oft zum Sport gefahren werden müssen oder sie den Arbeitsplatz wechseln oder einfach nur jemand vor der Tür steht, der ihnen genug Geld bietet. Außerdem gehen sie einfach gern zu „Open Homes". Sie sind kostenlos, unterhaltsam, und manchmal gibt es sogar Kekse.

⚜ 12 ⚜

GEJAMMERT WIRD NICHT!

Wenn ich einmal reich wär ... Das habe ich lange nicht mehr gehört. Jammern und Futterneid gehören zu den Dingen, die die meisten Einwanderer, egal ob sie 1800, 1900 oder 2000 gekommen sind, in Europa gelassen haben. Die meisten Neuseeländer überlegen zweimal, ob sie unnötigerweise Benzin verfahren oder ein neues Kleidungsstück benötigen, und jammern nicht einmal – weil sie wissen, wie gut es ihnen eigentlich geht.

„Wir haben ein Dach über dem Kopf, genug Feuerholz, essen uns satt", zählt meine Nachbarin Debbie auf, als sie mein Staunen bemerkt. „Und mal ehrlich: Unser Lebensstil ist doch gut, oder?"

Sie hat natürlich recht. Echte Armut sieht anders aus, obwohl es auch die in Neuseeland gibt, vor allem unter Rentnern.

Trotzdem ist es verwirrend. Wenn ich frage, wo ich etwas bekomme (Kleidung für mein Kind, das frischeste Obst, Schuhe, die nicht aus Plastik und Made in China sind), zählen meine Nachbarinnen mir erstmal die günstigsten Quellen auf, um zögernd noch eine Adresse hinzuzufügen – unweigerlich begleitet von der Bemerkung: „Das ist aber ziemlich teuer."

Jeder freut sich offenherzig über ein Schnäppchen, ein altes, rostiges Auto ist keine Schande, und niemand stört sich daran, gebrauchte Möbel zu kaufen oder auf einem Sofa zu sitzen, das noch jahrelang abgestottert wird.

Kiwis sind Lebenskünstler, und natürlich haben sie absolut recht, dass ein kernkraftfreies Land mit einem gesunden Klima, niedriger Kriminalitätsrate (meine örtliche Polizei hatte vergangene Woche der Presse zwei Fälle von Briefkastenzerstörungen zu vermelden, aber das war schon die reinste Verbrechenswelle hier auf den Dörfern!) und funktionierendem Gemeinschaftssinn schon an sich ein Bonus ist. Weil kaum jemand viel hat – und schon gar keine Designerkleidung –, fällt der Gruppenzwang zur Gier nach mehr weg.

Allerdings wird auch Wohlstand nicht übel vermerkt, solange es nicht zu augenfällig wird. Das so genannte Tall Poppy Syndrom (hoher

Mohn, wenn man zu offensichtlich aus dem Rahmen fällt und gestutzt werden muss) wird zwar überall bemängelt, aber selbst erlebt habe ich es nicht.

Krassen Sozialneid gibt es nicht (oder falls doch, so versteckt, dass ich ihn nicht bemerkt habe). Glücklicherweise. Ich kann meine Tochter ungestört in Elefanten-Schuhen aus Wildleder herumlaufen lassen (ein einziges Geschäft in Christchurch führt sie), während die kleinen Kiwis für ein Zehntel des Geldes Plastiksandalen an den Füßen haben, ohne Unwillen zu erregen.

Diese Lebenseinstellung ist übrigens ansteckend. Lin zum Beispiel hat sechs Monate gebraucht, um sich auch preislich an das Leben als Neu-Kiwi gewöhnt zu haben.

„Plötzlich rechnet man nicht mehr britisch, sondern neuseeländisch", sagt sie. „Am Anfang habe ich immer gedacht: Oh, wie günstig. Inzwischen schlucke ich genau wie meine Nachbarn über jede Preiserhöhung und finde vieles viel zu teuer."

Ganz so weit bin ich noch nicht, obwohl ich seit zwei Wochen auf Gurken verzichte, weil ich dafür so viel bezahlen müsste wie im deutschen Winter. Und ich habe neulich meine Freundin Tiana zu einem Imbiss eingeladen, obwohl wir genug Obst für ein Picknick eingekauft hatten.

Ich bin halt noch nicht so lange in

Neuseeland. Außerdem hatte ich fast 60 Dollar im Portemonnaie und fühlte mich gerade reich.

Auch das kann ich hier übrigens offen zugeben, ohne als Angeber zu gelten (und, ja, wir haben, wie fast alle Nachbarn, eine Hypothek, für die wir kräftig Zinsen bezahlen, weil auch die deutlich höher sind als in Deutschland). Ein billiges Land ist Neuseeland schon lange nicht mehr, aber Landschaft und Leute machen das wett. Verzichten ist kein echtes Opfer, wenn man nicht allein ist.

Als ich meine Nachbarin Debbie bei einer Tasse Tee frage, ob sie Lust hat, am Wochenende mit einer Dampflokomotive zu fahren. guckt sie in ihr Portemonnaie.

„Die Familienkarte kostet 15 Dollar", sage ich.

Sie kraust ihre Nase und überlegt. „Wir haben gerade Feuerholz gekauft. So viel habe ich diese Woche nicht übrig. Vielleicht nächsten Monat?"

„Ich sage dir Bescheid, wann die nächste Tour ist, okay?"

„Prima", sagt sie und füllt meine Tasse wieder. „Oder was hältst du von einem Ausflug an den Strand?"

Also verbringen wir den Sonnabend nachmittag damit, am Rande der Dünen herumzulaufen, Treibholz zu sammeln, und auf den Ozean zu schauen. Das kostet nichts, ist gesund (zumindest solange ich das Kind davon abhalten kann, sich in die Wogen zu stürzen), und entspannend. Das nämlich ist es, was Jahr für Jahr tausende Einwanderer anzieht.

Egal, wo man in Neuseeland ist, ob im subtropischen Norden, bei den Gletschern an der Westküste der Südinsel oder hier, im gemäßigten Canterbury, nirgends ist man mehr als zwei Autostunden vom Meer entfernt, und man findet fast jede Landschaftsform auf den zwei Hauptinseln. Sogar Wüste, auch wenn die nur klein und weit im Norden ist und für militärische Übungen genutzt wird.

„Besser geht's nicht", sagt meine Freundin Kate, die vor kurzem nach fünf Jahren in Australien nach Hause zurückgekehrt ist. „Obwohl sich viel verändert hat. Neuseeland ist ein Paradies der Reichen geworden."

Sie selbst merkt die Heimkehr kräftig im Portemonnaie. Die Löhne in Australien sind im Schnitt 40 Prozent höher, bei fast gleichen Lebenshaltungskosten.

„Warum bist du nicht in Brisbane geblieben?" frage ich.

Sie vergräbt ihre Zehen im warmen Sand. „Fünf Jahre reichen. Als wir damals das Angebot bekamen, hockten wir mit Handschuhen and den Händen vor einem Elektroofen, und in Brisbane waren 24 Grad."

Sie lehnt den Kopf in den Nacken. „Dauernd

Sommer wird langweilig, und irgendwie ist Australien halt nicht so gut wie Neuseeland, oder? Ich meine, fast jeder geht mal für ein Jahr oder zwei rüber, aber nur, um Geld zu verdienen."

Sie stützt sich auf. „Schließlich bist du auch hierher gekommen, und nicht nach Aussie gegangen."

Da kann ich ihr nicht widersprechen. Obwohl, Australien reizt mich schon, und nicht wegen der höheren Löhne. Wir haben Neuseeland den Vorzug gegeben, weil zu den Attraktionen, die Australien so einmalig machen, auch Krokodile, Schlangen, Quallen und Spinnen gehören, die mit ihrem Gift eine ganze Rinderherde umlegen könnten. Aber das spreche ich nicht aus.

☙ 13 ❧

Gartenfreuden

So allmählich macht meine Integration Fortschritte. Seit ich dreimal pro Woche mit meiner Tochter ins Playcentre gehe, um mit anderen Müttern zu reden, den lieben Kleinen vorzulesen und hinterher die blauen Gummihandschuhe anzuziehen, um den Fußboden zu wischen (Suzie liebt es, immer wieder die gleichen Aufgaben zu verteilen), finde ich immer jemanden, der mit weiterhilft – oder übersetzt. Das ist wichtig, als Einwanderer aus einem anderen Kultur- und Sprachkreis.

Ich lerne nämlich eine Fremdsprache, und Englisch allein hilft mir nicht weiter. Jedes Wochenende öffne ich meine Zeitung, blättere bis zu meinem Lieblingsteil, und beginne begierig zu lesen. Mit einem Unterschied: Ich verstehe kein Wort. Es ist der Gartenteil.

Gärten sind wichtig für die Kiwis, und das

gilt ganz besonders für Canterbury, dessen Hauptstadt Christchurch den Beinamen „Die Gartenstadt" trägt. Egal, wie viel Geld die Leute haben, ganz gleich, wie groß ihr Grundstück ist, sie pflanzen, beschneiden, säen, mähen, was das Zeug hält. Und das Erschreckende daran ist, sie wissen alle, was sie tun.

Ich mache die überwiegend britischen Gene dafür verantwortlich. Mir fehlen sie jedenfalls vollkommen, und das, obwohl meine Mutter seit jeher einen der am besten gepflegten Gärten in der Nachbarschaft hat. Aber auch sie wäre hier überfordert.

Der Gartenteil meiner Zeitung ist eine Ansammlung von lateinischen Namen, der sogar meine alten Biologielehrer auf eine harte Probe stellen würde. Für jedes Wochenende gibt es Rubriken, welche Arbeiten jetzt anstehen im Gemüsegarten, für den Rasen und die Blumen. Statt hier zu sitzen und zu schreiben, müsste ich Samen sammeln, Pflanzen teilen und neu ausbringen, Obstbäume trimmen und alpine Pflanzen vor dem Frost schützen.

Ich würde das auch liebend gern machen – wenn ich nur wüsste, wie, und vor allem, was für Pflanzen ich überhaupt habe. Die meisten sind nämlich einheimische Gewächse, also absolutes Neuland für mich, und sie alle wachsen hier wie wild.

Als ich bei der Hausbesichtigung das saftige

Gartenfreuden

Grün mit den hüfthohen Pflanzen bewunderte und die Maklerin schüchtern fragte, wie viel Arbeit das wohl macht, öffnete sie ihre blauen Augen weit, schüttelte das blonde Haupthaar und sagte, „So genau kann ich das nicht sagen, aber es sieht ziemlich pflegeleicht aus."

Ich hätte es besser wissen sollen, aber ich war erst seit ein paar Wochen im Lande, kam aus der Großstadt und hatte nie mehr als zwei Topfpflanzen und einen Balkonblumenkasten betreut. Also ...

Und die Erde in Canterbury ist fruchtbar. Was meine Nachbarn in ihren Gärten haben, wächst und gedeiht. Hier ein bisschen Kompost, da ein paar rasche Schnitte mit der Baumschere, und man ist in einem Blütenparadies.

Ich hingegen versuche mich durchzufragen: „Diese riesige Kletterpflanze mit den großen roten Blüten hängt ein bisschen durch. Kann ich sie hochbinden?" Ich pflanze mich vor Ange, unserer Botanikexpertin, auf und klammere mich an ihren Ärmel.

„Oh, du meinst, die, die so ähnlich aussieht wie ... murmelmurmelmurmel ... Oder ähnelt sie eher ...murmelmurmelmurmel ...?"

Ich lasse Ange los. Es hat keinen Sinn. Ich könnte genausogut versuchen, eine japanische Gebrauchsanweisung zu lesen.

Selbst meine Nachbarin Debbie, die bescheiden von sich sagt, kaum Ahnung von

Hortikultur zu haben, beschämt mich in Grund und Boden mit ihren Kenntnissen, theoretisch wie praktisch.

Seit ich das festgestellt habe, habe ich eine neue Strategie entwickelt, um mit meinem über tausend Quadratmeter großen Garten fertig zu werden (Mehr als tausend! Allein das Rasenmähen kostet mich drei Stunden, und ist selbst im Winter alle 14 Tage fällig.).

Jeder, der mich besucht, wird gebeten, mich kurz zu informieren, ob ich zufällig besonders giftige Pflanzen besitze. Debbie hat der Porra Porra sein Ende zu verdanken. Ohne Lin wäre der Laburnum (ein attraktiv aussehender Baum mit hochtoxischen Samen) nicht der Axt geweiht. Und die Nachtschattengewächse würden heute noch das Beet vor der Garagenwand verschönern.

Dieser Erfolg hat mich soweit moralisch aufgerichtet, dass ich nicht mehr so frustriert bin wegen meiner gärtnerischen Mängel. Denn ich habe ein Gebiet entdeckt, auf dem ich unschlagbar bin: Niemand rodet so schnell entschlossen wie ich.

Damit die Stellen, die das Herausreißen und Ausgraben von sieben Kürbissen, zweier gigantischer Tomatenstauden und etlicher namenloser Pflanzen hinterlassen hat, nicht zu kahl wirken (allein die Tomaten hatten sich über vier Quadratmeter ausgebreitet), habe ich neu gesät. Im Gemüsegarten hoffe ich auf Blumenkohl und Möhren, in einem Blumenbeet auf Mohn.

Es sprießt tatsächlich schon etwas. Deshalb muss ich auch auf die einzige Wochenend-Gartenaufgabe verzichten, die ich in der Zeitung nicht nur gelesen, sondern auch begriffen habe. Aber es wäre wirklich dumm von mir, zu jäten, solange ich nicht weiß, was von den jungen Trieben Gemüse ist und was Unkraut. So viel habe ich immerhin schon gelernt.

Ich wünschte nur, Tina würde näher an uns dran wohnen. Zum einen weiß sie aus leidiger Erfahrung, woran man giftiges Unkraut von wünschenswerten Schößlingen unterscheidet (vier Jahre lang hat sie Rittersporn im Anfangsstadium auf den Kompost geworfen), und zum anderen weiß sie ebenfalls, wie frustrierend es ist, entweder mit Ödland oder mit einer Unkrautzucht umgeben von einem Blumenmeer dazusitzen. Sie wenigstens spricht meine Sprache.

◊ 14 ◊

Es weihnachtet kaum

Es weihnachtet kaum

Inzwischen ist es Dezember. Die Sonne brennt bei 28 Grad im Schatten, und es fühlt sich alles fürchterlich verkehrt an. Bei Debbie steht schon der Weihnachtsbaum im Wohnzimmer, echt immergrünes Plastik, und darunter liegen die ersten Geschenke.

Meine Tochter möchte keinen Weihnachtsbaum. Sie ist erst drei, aber irgendwie erinnert sie sich noch, dass Weihnachten im Winter ist und es kalt, dunkel und voller Sterne und Kerzenlicht sein sollte. Die Sache mit den Geschenken versteht sie auch nicht. Wieso liegen welche da, wenn der Weihnachtsmann erst noch kommt?

„Die sind von Freunden und Familie", sage ich. „Wir haben doch auch schon ein Paket von Oma bekommen."

„Aber das haben wir aufgemacht", sagt sie mit unbestechlicher Logik. Nein, uns ist ganz und gar nicht weihnachtlich zumute.

Im vergangenen Jahr in Hamburg hatten wir eine Blautanne, frisch im Wald geschlagen, die verschneit auf dem Balkon auf ihren großen Auftritt wartete. Jetzt sehe ich ringsherum nur Plastik.

Vielleicht lässt sich bei den Weihnachtsparaden der Zauber retten. „Fahrt bloß früh", rät Debbie. „Sonst kann die Kleine nichts sehen." Ganz zu schweigen von einem Parkplatz ...

Die erste Parade sehen wir in Rangiora. Dichtgedrängt stehen, sitzen und hocken mehr als 2000 Menschen und säumen die Hauptstraße. Niemand will die Santa Parade verpassen.

Meine Tochter hat ihre Felix-Zipfelmütze auf und strahlt, auch wenn der Anfang der Parade eher wenig aufregend ist. Lokale Makler mit Weihnachtsmann-Mützen winken aus einem Auto heraus. Dann kommen die ersten Floats, fantasievolle Gefährte, die Schlitten, Kutschen und Schiffe darstellen, aus denen Wichtel, Kobolde, Elfen und andere Gestalten winken und, zum Jubel der Kinder, Bonbons werfen. Aus Lautsprechern dröhnt Weihnachtspop.

„Santa kommt", rufen die ersten Kinder. Meine Tochter verrenkt sich fast den Hals. Ich hebe sie hoch.

„Santa", ruft sie. Das erste Bonbon fliegt in ihre Richtung. „Jingle Bells" kommt aus den Lautsprechern. Für einen Moment kommt fast so etwas wie Weihnachtstimmung in mir auf – bis meine Nase brennt. Ich hole die Sonnencreme hervor und reibe unsere Gesichter ein.

Die Parade ist vorüber, aber nächstes Wochenende ist eine in Kaiapoi, und die Woche darauf ist Santa Parade in Christchurch. Die sollen wir nicht verpassen, hat Tina gesagt.

Sie selbst geht nicht hin, aber für hinterher

sind wir eingeladen. Sie hat im Supermarkt zwei Tüten Pfeffernüsse gefunden.

Zum ersten Mal fühle ich mich fremd. Am liebsten würde ich Weihnachten daheim bleiben mit meiner Familie, Spekulatius, Dominosteine und Lebkuchen essen, Stille Nacht hören und Sissi-Filme gucken. Stattdessen habe ich für den ersten Feiertag bei Tina zugesagt und für den zweiten bei Debbies Schwiegereltern im Nachbarort. Auf dem Programm stehen jeweils Grillen, Knallbonbons und je nach Wetter später ein Picknick am Strand.

In Deutschland liegt bestimmt irgendwo Schnee. Der Atem dampft beim Spaziergang. Auf den Weihnachstmärkten erstehen die Besucher Glaskugeln und Holzspielzeug, essen Schmalzkuchen und trinken Glühwein. Es ist alles sehr weit weg, und lange her.

Ich fahre mit meiner Tochter nach Hause und lege eine Weihnachts-CD ein, die leise im Hintergrund spielt, während ich ihr ein Buch vorlese, das noch aus Deutschland stammt, „Die Weihnachtsmäuse".

Meine Tochter hilft beim Umblättern. Die Illustrationen zeigen eine tief verschneite Wunderwelt, in der alle Mäuse, arme und reiche, junge und alte, sich auf ein gemeinsames Weihnachtsfest vorbereiten.

So müssen sich die Pioniere gefühlt haben. Noch immer halten sich vor allem viele ältere Leute hartnäckig an alte Traditionen und servieren bei 30 Grad Truthahn und Plumpudding.

In der Innenstadt von Christchurch sind beleuchtete Dekorationen an Laternenpfählen angebracht, wenn man auch ihr Funkeln in der gleißenden Sonne kaum bemerkt. Ein Rentierschlitten aus Plastik ist auf der gläsernen Brücke von Ballantynes, dem nobelsten Kaufhaus der Stadt angebracht, wie wir zwei Wochen später auf unserem Weg zur Santa Parade sehen. Überall stehen geschmückte künstliche Tannenbäume.

„Wollen wir nicht doch einen Weihnachtsbaum haben?"

„Nein", sagt mein Kind. An der Parade selbst hat sie aber doch ihren Spaß, genau wie ich. Mehrere Dutzend Gruppen marschieren hintereinander her. Wir sehen schottische Tänze zu Dudelsackmusik, koreanische Akrobaten, Blasorchester, chinesische Drachen und mehr Weihnachtswichtel als in einem Disneyfilm. Es ist bunt, laut, und aufregend.

Dies ist so weihnachtlich wie es in diesen Breitengraden geht. Was soll's, dass es eben nicht wie in Europa ist? Allmählich bessert sich meine Stimmung.

Bei Ballantynes in der Süßigkeitenabteilung sehe ich sogar einen Marzipanstollen (zugegeben, zum Preis des Bruttosozialprodukts einer pazifischen Insel, aber immerhin). Und es ist nicht grau, neblig und nasskalt, wie es in Deutschland zur Weihnachtszeit durchaus sein kann, wenn mich die Erinnerung nicht trügt.

Meine gute Stimmug hält bis zu den Festivitäten. Tina serviert Salat und Bratwurst, ich spendiere den Stollen, und wir tauschen Weihnachtserinnerungen aus, während die Kinder sich mit Wasser bespritzen.

Am nächsten Tag sitzen wir bei Debbies Schwiegereltern im Garten und essen Truthahn und Eis.

Neben mir seufzt eine Schweizerin in ihr Weinglas.

„Was ist los?" frage ich mitfühlend.

„Ich habe Heimweh", sagt sie. „Weihnachten muss im Winter sein, mit Schnee und Glühwein ..."

Ich bin dafür.

↜ 15 ↝

HEIMWEH UND ANDERE ILLUSIONEN

Das Dasein in der Fremde kann erstaunliche Nebenwirkungen haben. Zum Beispiel plötzlich auftauchendes Heimweh. Ich habe solche Attacken nach sieben Monaten in Neuseeland nur äußerst selten, und sie beschränken sich glücklicherweise auf durchweg kulinarische Aspekte.

Manchmal stehe ich beim Bäcker und könnte plötzlich schreien: „Weiß hier denn niemand außer mir, dass Brötchen knusprig sein müssen? Ich will Krümel auf dem Schoß, wenn ich in mein Frühstück hineinbeiße!"

Selbstverständlich reiße ich mich dann zusammen und lasse kein Wort über meine Lippen kommen, genauso wie ich eisern schweige, wenn mir etwas seltsam orangefarbenes als Würstchen Frankfurter

Art offeriert wird. Das einzige Vokabular, das mir dann in den Sinn kommt, würde nämlich meinen Ruf als „die nette Deutsche aus unserer Nachbarschaft" blitzartig ruinieren.

Kiwis sind nett, tolerant, aber viel zu politisch korrekt, was das Fluchen angeht. Sugar, also Zucker, und Shoot (schiessen) ersetzen andere, politisch nicht ganz so akzeptable Ausdrücke. Da man das anscheinend im Erwachsenenalter nicht mehr lernen kann – zumindest kann ich es nicht –, bleibt mir nur, mir auf die Zunge zu beißen.

Das Seltsame daran ist, dass ich Würstchen nicht einmal besonders schätze, und im Normalfall mühelos ein halbes Jahr ohne frisch gebackene Brötchen auskomme. Aber das ist halt so, wenn man nicht die Wahl hat, freiwillig auf etwas zu verzichten.

Außerdem haben mir andere Deutsche bestätigt, dass diese Heimwehanfälle aus heiterem Himmel völlig normal sind. Kritisch wird es erst, wenn sie keinerlei Bezug mehr zur Realität haben (ich weiß jedenfalls noch ganz genau, wie Brötchen schmecken und Frankfurter aussehen müssen!).

Meine Freundin Tina ist dafür schon zu lange in Neuseeland. Als sie kurz nach unserem Umzug erfährt, dass die per Schiff transportierten Sachen, auf die wir beim besten Willen nicht verzichten wollten, kurzfristig

verschollen schienen – aus unerfindlichen
Gründen wurden unsere Kartons vom Hafen
in Lyttelton zum Flughafen in Christchurch
gebracht, so dass wir an der falschen Stelle
mit einem gemieteten Anhänger auftauchen –,
schnaubt sie nur kurz.

„Typisch. So etwas passiert hier ständig. In
Deutschland dagegen ...."

Ich erwähne nicht, dass diese Kapriole
nur eine Verzögerung von einem Tag für uns
bedeutet, während in Deutschland unsere
Fracht sieben Wochen lang herumstand, wir
immer wieder den Spediteur anrufen mussten,
um Informationen zu bekommen und diese dann
einen Wahrheitsgehalt von null Prozent besaßen.
Aber sie ist schon sehr lange im Lande, und da
wird so manches Bild nostalgisch verklärt.

Vielleicht liegt es auch daran, dass ich erst
so kurz hier bin, oder, weil ich nicht vor etwas
davongelaufen bin – schließlich ist Deutschland
durchaus lebens- und liebenswert –, sondern nur
etwas Neues ausprobieren wollte.

Dieses Glück hat nicht jeder. Der
grauhaarige Ungar mit den traurigen Augen,
der auf dem Wochenendmarkt am Arts Centre
in Christchurch kulinarische Spezialitäten aus
seiner Heimat verkauft, weiß das nur zu gut. „35
Jahre bin ich hier", sagt er, als ich ihm erzähle,
woher ich komme. Noch vor dem Mauerfall ist
er raus aus Budapest, auf was für Wegen auch

immer.

Er schweigt sich aus über seinen Fluchtweg, aber eines ist deutlich: Angekommen ist er nur physisch. Sein Herz ist in Ungarn zurückgeblieben. Sein Leben in Christchurch lebt er nur zur Hälfte.

Er würde gern zurück, sagt er, und ein Schleier legt sich über seine Augen, aber wie, und wohin? Seine Frau ist hier, die Kinder, die Enkel.

„Und es ist alles so teuer geworden, und wer weiß, was es überhaupt noch gibt?"

Er schüttelt den Kopf. Die schlechten Erinnerungen hat er längst verdrängt, genau, wie er die guten Erfahrungen in Neuseeland nur wie durch ein Fernglas sieht, das er scharf stellen kann, ohne die innere Distanz zu überbrücken.

Ich weiß nicht, was ich sagen soll. Er auch nicht mehr. Er beugt sich über seinen Verkaufstresen und reicht mir einen ungarischen Keks. Er sieht müde aus, und verloren.

Ringsherum essen und trinken Leute aus aller Herren Länder. Der Arts Centre Markt ist immer voll, egal bei welchem Wetter.

„Viel Glück in Neuseeland", wünscht er mir.

„Danke", sage ich, fast beschämt.

Als ich meiner Freundin Kate von dem Ungarn erzähle, nickt sie. „So etwas gibt es immer", sagt sie. Einwanderer, die nicht heimisch werden, zurückwandern, sich aber nicht mehr einfinden können ins alte Leben und wieder nach Neuseeland kommen ...

Meist sind es Briten, und das Phänomen hat in ihrem Fall sogar einen Namen. Ping-Pong-Poms heißen sie.

Soweit wird es bei mir hoffentlich nicht kommen. Für den allerschlimmsten Fall habe ich eine Dose Sauerkraut im Vorratsschrank, und Würstchen würde mir meine Familie sicherlich auch schicken.

Wenn ich ganz ehrlich bin, ich staune jedes mal wieder, wenn mir jemand sagt, wie mutig es ist, in ein fremdes Land zu gehen. Das ist es nämlich nur, wenn es kein Zurück gibt. Ich hingegen weiß, wenn etwas schief läuft oder ich in Deutschland gebraucht werde oder unter echtem Heimweh leide, steht mir das alles offen.

Der traurige Ungar hingegen wird nie mehr finden, was er verloren hat, und er weiß es.

35 Jahre sind eine Ewigkeit. Das Budapest, dem er mit jeder Faser seines Herzens hinterhertrauert, gibt es nicht mehr. Vielleicht hat es es nie gegeben, außer in seiner verklärten Erinnerung.

ॠ 16 ॡ

FERNSEHEN IST GESUNDHEITSSCHÄDLICH

Wie bereits erwähnt, lieben die Kiwis Sport – vor allem in Verbindung mit Nervenkitzel. Queenstown, fünf Autostunden von mir entfernt, ist die Geburtsstätte von Bungee Jumping. Jedes Wochenende stürzen sich Wagemutige mit Kanus Stromschnellen hinunter, erklimmen barfuß den schneebedeckten Mount Cook, mit 3754 Metern Höhe nicht gerade ein Fall für Anfänger, oder riskieren in einer anderen Form Leib und Leben.

Und warum? Bestimmt nicht wegen einer seltsamen genetischen Veranlagung. Oh, nein. Ich halte das Fernsehen für die Ursache, warum diese Menschen verzweifelt nach einem anderen Kick suchen. Denn, um es schonungslos zu sagen, dass neuseeländische TV-Programm ist überwiegend zum Davonlaufen.

Ohne Rücksicht auf Folgeschäden meinerseits habe ich mich ihm unterzogen. Das Ergebnis meiner Recherche: Im staatlichen Fernsehen sowie auf der Hälfte der Kanäle, die der Bezahlsender Sky anbietet, laufen bis zu fünfmal täglich Sendungen zur Gartenverschönerung, Heimrenovierung, Hauskauf, persönlicher Verschönerung und Tipps zum Antiquitätenkauf oder Eigenheim ersteigern (mein Favorit ist immer noch die Sendung, in der zwei ehemalige Einbrecher in Häuser einsteigen, um Schwachstellen in der Sicherheit aufzuzeigen).

Filme, die mich wirklich interessieren, beginnen entweder um 2.30 Uhr früh oder mittags oder – bei Sky – werden so oft wiederholt, dass ich die Dialoge mitsprechen kann. Wiederholungen sind überhaupt das große Thema. Und Seifenopern aus Großbritannien und den USA.

Jede Woche sind die Stars einer dieser Dauerbrenner auf dem Titelbild des TV-Guide zu finden, Neuseelands einziger echter Fernsehzeitschrift, die immerhin für hiesige Verhältnisse gerade respektable 30 Jahre alt geworden ist.

Jede Woche gibt es dazu als Appetithäppchen kurze Nachrichten zu diesen Seifenopern (vergangenen Monat fiel mir die Kinnlade herunter, als ich drei Sätze zu den neuen Folgen von Englands legendärer „Coronation Street" las – nicht wegen des Inhalts, sondern wegen des lapidaren Nachsatzes, dass diese Folgen in Neuseeland in fünf Jahren ausgestrahlt werden!).

Oh, es gibt auch Big Brother und Importware ähnlicher Art, aber darüber unterhalten sich die Leute nicht auf der Straße.

Auch in den Leserbriefen im TV Guide finden sie selten Erwähnung. Nein, was die Kiwis am Fernsehen wirklich aufregt, sind vulgäre Sprache, unschöne Szenen und der moralische Verfall, wie ihn ihre eigene „Shortland Street", gewissermaßen die hiesige „Lindenstraße", zeigt, weil ein Verbrecher dort schon seit vier Folgen ungeschoren davongekommen ist.

Trotz ausgiebiger Recherche kann ich allerdings nur vermuten, dass auch dies nur eine Minderheit aufregt – nämlich diejenigen, die sich nicht ausschließlich den Sportkanälen im Fernsehen widmen. Der Rest ist vermutlich lieber unterwegs, um sich ein Gummiseil um den Bauch zu schnallen.

Da ich weder Extremsportlerin noch ein Fan von Gehirnwäsche bin und außerdem ein junge Tochter habe, deren Wohlergehen mir am Herzen liegt, greife ich häufig auf DVDs zurück.

Debbie guckt mit ihren Kindern „Shortland Street". Mein Kind und ich gucken „Pippi Langstrumpf" und „Urmel aus dem Eis". Deutsches Kulturgut halt.

Suzie und Jo diskutieren das jüngste Rugby-Match. Ich sitze stumm dabei, weil hier keiner „Michel in der Suppenschüssel" kennt. Und ansonsten? Jo trainiert gerade für einen Triathlon. Ich jogge neben meiner Tochter zum Playcentre.

Die andere Jo schwimmt jeden Morgen zwei Meilen im Meer. Ich gehe mit dem Kind zum Schwimmbad.

Zum Glück bin ich nicht allein in meiner sportlichen Zurückhaltung. Debbie von nebenan hält sich mit Gartenarbeit und Spaziergängen fit, und von Bungee Jumping will sie auch nichts wissen. Sie ist noch nie Ski gelaufen oder Snowboard gefahren, hält Knochenbrüche nicht für eine Tapferkeitsauszeichnung, und das extremste was sie macht, ist ein Fernsehmarathon. Aber auch das ist, wie gesagt, beim heutigen Programm eine erstaunliche Leistung.

∽ 17 ∾

DAS DEUTSCHE NETZWERK IST ÜBERALL

Um Fremde zu Freunden zu machen, benötigt man in Neuseeland nicht viel. Bei uns im Ort ist die Befürchtung, ich könnte mich am anderen Ende der Welt einsam fühlen, so groß, dass ich an ein Dutzend Türen klopfen könnte und jederzeit willkommen wäre.

Community spirit, Gemeinschaftssinn, heißt das Zauberwort. Der geht sogar so weit, dass die Kiwis sich bemühen, mir – und allen anderen Ausländern –, zu neuen Bekannten und Freunden verhelfen.

Ich hatte insofern Glück, nach nur wenigen Tagen auf Tina zu treffen.

Sie hat zusätzlich zu ihren einheimischen Freunden ein weitreichendes deutsches Netzwerk, weil ihr erster Wohnort Lyttelton, Christchurchs charmante Nachbarstadt, sich zu einer Berliner Enklave entwickelt hat. Und jeder Kiwi, der hört, woher ich stamme, überlegt, wo ich andere Deutsche treffen könnte.

So kam es, dass ich neulich einen mysteriösen Anruf erhielt, von einer Schwäbin, die drei Kilometer entfernt von mir mit ihrem norddeutschen Ehemann und ihren sieben Kindern wohnt. Johanna hatte meine Telefonnummer von einer Judy, die ich nicht kenne, erhalten. Besagte Judy entpuppte sich später als die Mutter von Lins und Chris' Schwiegertochter.

Johanna selbst hat nach 15 Jahren ebenfalls ein ausgedehntes deutsches Netzwerk aus Verwandschaft – Schwester, Schwager und Schwiegereltern sind auch längst Kiwis geworden –, neuen Freunden und Zufallsbekanntschaften. Darunter ist ein Schwabe, den sie beim Radfahren getroffen hat und der jetzt mit seiner Familie kurzfristig in einem Wohnwagen neben ihrer Garage untergekommen ist ...

Tina und ich sind auf der Spur einer Friesin, für deren Ex-Freund Tinas Partner gerade gearbeitet hat, und die in dem Teil von Christchurch wohnt, in den Tina gerne ziehen möchte (wie gesagt, das Haus ist so gut wie gekauft, aber nur, wenn die Vertragsbedingungen erfüllt werden können). Sie hofft nun, diese Frau ausfindig zu machen und eventuell Tipps zu demnächst leerstehenden Häusern zu bekommen, falls Plan A nicht klappt.

Wenn ich nicht von in meiner Nachbarschaft von Alt- und Neu-Kiwis umgeben wäre, könnte ich an manchen Tagen schwören, in Deutschland zu sein. Bis auf das Wetter natürlich.

Aber ich muss zugeben, dass es das Eingewöhnen enorm erleichtert, sich nicht erst mühsam Vertrauen und Freundschaft erwerben zu müssen, sondern alles quasi vorgefertigt geliefert zu bekommen. Darum habe ich mich auch sofort bereiterklärt, als Vermittlerstation für eine junge deutsche Erzieherin zu fungieren, die in den nächsten Monaten nach Christchurch kommen will, um Erfahrungen mit den hiesigen Kindergärten und Spielzentren zu sammeln. Schließlich soll sie sich nicht einsam fühlen.

Ich selbst habe mich inzwischen vorgearbeitet. Vor wenigen Tagen hat mir Suzie feierlich mein Playcentre-Zertifikat überreicht, das mir bestätigt, am theoretischen Unterricht teilgenommen zu haben (zwei Vormittage Zuhören bei schwachem Kaffee und frischgebackenen Scones mit Sahne und Erdbeermarmelade), erfolgreich Elternhelferin gewesen zu sein (Bücher vorlesen, Bauklötze aufheben, Suzie rufen, wenn etwas schiefgeht), und, mein ganzer Stolz, ich habe eigenhändig pinkfarbene Knetmasse hergestellt.

Wir sind streng pädagogisch wertvoll, halten nichts von zu viel Chemie, und meine Knetmasse war nur sehr geringfügig krümeliger als die der anderen und hat sich immerhin drei Tage lang gehalten. Außerdem hat Suzie mich vom Fußboden schrubben zu den Farbtöpfen befördert, die genau wie Pinsel und Leimtöpfe nach jeder Spielstunde gewaschen werden.

Und das ist alles andere als einfach.

Während ringsherum Kinder kichern und Mütter sich über Rugby, Fernsehen und den Alltag unterhalten, stehe ich im Abstellraum hinter verschlossener Tür und versuche, nicht all zu viel Farbe abzubekommen.

Obwohl der Leim schlimmer ist. Dick wie Honig hängt er an den Pinseln und ist nur bereit, sich von den Borsten entfernen zu lassen, wenn er ein anderes Opfer findet. Nach zehn Minuten bin ich klebrig, verschwitzt und sehne mich nach meinen Fußböden. Im Hauptraum kann ich mich zumindest auf meinen Wischmop stützen und an der allgemeinen Geselligkeit teilnehmen. Hier in der Abstellkammer ist es mir zu einsam.

Was noch gewöhnungsbedürftig ist, sind die Zeitunterschiede. Selbst mit einigermaßen bezahlbarer Flatrate nach Deutschland ist die Kommunikation kompliziert. Je nach Jahreszeit trennen uns zehn, elf oder zwölf Stunden. Ich muss also immer überlegen, wen ich wann anrufen kann.

Umgekehrt gilt das Gleiche. Ich melde jeden Wechsel von Sommer- auf Winterzeit sowie unsere regelmäßigen Termine, weil meine Mutter sonst nur den Anrufbeantworter erwischt, was für sie ebenso frustrierend wie kostspielig ist, und auch dann werde ich noch gelegentlich um fünf Uhr früh vom Telefonklingeln aufgeweckt. Um die Uhrzeit bin ich kein guter Gesprächspartner.

Sorgen, dass Familie und Freunde auf die Entfernung rapide auseinanderdriften, hätte ich mir nicht zu machen brauchen. Kinder, Arbeit, Alltag – ob ich das nun auf Deutsch oder auf Englisch erledige, macht keinen so großen Unterschied, auch wenn ich jetzt näher am Strand wohne als am nächsten Supermarkt.

Und das Leben hier ist kosmopolitisch. Zwar sind wir zurzeit die einzige deutsche Familie im Ort, aber drei Straßen weiter gilt als Coronation Street, wo viele Einwanderer aus Großbritannien wohnen, wir haben ein paar Maori, eine Französin, ein schweizer Paar – alles ganz normal in Neuseeland im 21. Jahrhundert.

Es macht das Leben deutlich abwechslungsreicher, obwohl es am Anfang auch ziemlich gewöhnungsbedürftig war, fast als exotisch zu gelten. Ich jedenfalls kann mich an keinen einzigen Aufenthalt im Ausland erinnern, in dem ich nicht irgendwo Deutsch auf der Straße gehört hätte.

Suzie staunt immer wieder über meine sprachliche Vielseitigkeit und die meiner kleinen Tochter (ich hüte mich, sie aufzuklären, dass house und Haus, hand und Hand im Grunde austauschbar sind).

Tina hat das umgekehrte Problem. Sie sucht gelegentlich nach dem deutschen Wort, weil sie seit Ewigkeiten überwiegend Englisch spricht. „Kennst du das?" fragt sie, als wir nach dem Playcentre telefonieren.

„Klar", sage ich. „Bei mir war es neulich noch schlimmer. Das Kind musste zum Impfen, wegen der Meningitis-B-Gefahr. Ich hasse Spritzen. Ich war so aufgeregt, dass ich mit der Krankenschwester Deutsch und mit meiner Tochter Englisch gesprochen habe."

„Und?"

„Die Krankenschwester hat gelacht, die Kleine geimpft, und ich habe mich bei ihr entschuldigt und ihr meinen Ausrutscher erklärt. Auf Englisch. Trotzdem habe ich meine alte Kinderärztin vermisst."

Ich seufze.

Tina seufzt auch. „Ich vermisse meinen Friseur. Ich hatte den besten Friseur der Welt in Berlin."

Wir verabreden uns für den nächsten Tag zum Kaffee. Manchmal fühlt man sich doch halt einsam.

ॐ 18 ॐ

STREICHELEINHEITEN FÜRS
ABENDESSEN

Tiere gehören dazu in Neuseeland. Die Kiwis, die sich aus unerfindlichen Gründen nach ihrem plumpen, fast fluguntauglichen und mit seinem braunen Gefieder eher unauffälligen Wappenvogel benannt haben, sind stolz auf ihre Fauna.

Es stört sie nicht einmal, auch hier ihrem großen Nachbarn und Dauerrivalen Australien unterlegen zu sein – es gibt zwar eine ungeheure Vielzahl von einheimischen Vogel –, Fischarten und Meeressäugern, dazu Pinguine, Wale, Robben und Delphine, aber nichts so spektakuläres wie die Beuteltiere, gewaltigen Krokodile, giftigen Fische, Spinnen und Schlangen, für die Australien berühmt und berüchtigt ist.

„Nun ja", heißt es dann meist mit einem

süffisanten Lächeln: „Bei uns bringt einen die Tierwelt wenigstens nicht um."

Das tut sie wirklich nicht, und vielfältig genug ist sie auch, um jeden Hobbyzoologen zu beglücken. Allein heute saßen bei mir im Garten ein Dutzend Fantails (auf Deutsch Fächerschwänze) und spreizten ihr schwarzweißes Vogelgefieder, während zwei Bäume weiter Bellbirds (Glockenvögel) ihr Lied sangen.

Nebenan blökten die zwei Schafe einer Nachbarin in ihrem Garten, und vor der Schule warteten die Lamas auf ihr Futter. Zugegeben, die Lamas sind genauso wie viele andere Tiere ursprünglich importiert worden, gehören aber längst zum Alltag im neuseeländischen Leben.

Wie bei so vielem hier geht es dabei auch um den Nutzwert. Die Nachbarsschafe sind eigentlich Haustiere, aber die erwarteten Lämmer werden in absehbarer Zeit in der Gefriertruhe landen (obwohl in Gegenwart der Muttertiere aus Taktgefühl tunlichst nicht von Pfefferminzsauce und Beilagen gesprochen wird).

Die von Engländern einst als Jagdwild importierten Hirsche wurden – wie immer, wenn keine natürlichen Feinde vorhanden sind – binnen Jahrzehnten zur Plage, und als selbst die Jäger ihrer nicht mehr Herr werden konnten, kamen ein paar findige Farmer auf die Idee, sie einzuherden und als Zuchtvieh zu vermarkten.

Hauptabnehmer für Rehrücken und Hirschkeule ist inzwischen Deutschland.

Süß- und Salzwasserfische gibt es so reichlich, dass an vielen Tankstellen auch Köder und Eis für die Kühlboxen verkauft werden.

Einstmals domestizierte Schweine haben sich in der Freiheit so sehr vermehrt, dass im Supermarkt ein „Magazin für die 25.000 Schweinejäger" des Landes seinen Platz neben „Haus und Garten" hat und jedes Jahr in den Pubs Wettbewerbe ausgetragen werden, wer das größte Schwein zur Strecke bringt.

Straußen und Emus grasen friedlich neben Schafen und Kühen, und für den Führerscheintest müssen die Anwärter beantworten können, was zu tun ist, wenn sie plötzlich einer Herde auf der Straße begegnen.

Ich muss gestehen, die neuseeländische Tierwelt hat wirklich ihren Charme. Besonders gefällt mir, dass ich nicht wie in Australien ständig darauf achten muss, nicht zufällig einem Tier über den Weg zu laufen, das schneller und tödlicher ist als die meisten Terroristen. Obwohl ich aus Erfahrung gelernt habe, dass die Kiwis dazu neigen, selbst anerkanntermaßen unangenehme Tiere zu verharmlosen. Zum Glück ist es bei dem einen Wespenstich geblieben, auch wenn mir noch immer versichert wird, das Kiwi-Wespen nicht stechen und auch völlig ungiftig sind.

~ 19 ~
Von Schafen, Schweinen und Katzen

Von Schafen, Schweinen und Katzen

Wir haben Nachwuchs bekommen. Eines Sonntags Morgens sitzen die Kleinen bei uns unter dem Pfirsichbaum und sehen uns großäugig an. Die Mutter sitzt daneben und faucht.

„Wir haben Katzen", ruft mein Kind und will auf die Kleinen zustürzen. Die Mutter faucht lauter.

Ich halte das Kind am Arm zurück. Mein Mann ist noch im Haus, um seine Jacke zu holen, weil wir einen Sonntagsausflug planen.

„Was ist hier los?" fragt er, als er aus der Tür tritt. Die Kleine zeigt ehrfürchtig auf zwei schwarz-weiße, ein schwarzes und ein silbergestreiftes Kätzchen.

Sein Gesicht hellt sich auf. Seit Wochen haben wir diskutiert, ob ein Hase, ein Hund oder eine Katze ins Haus kommen sollen. Er hat als ehemaliger Katzenhalter für eine Mieze gestimmt. Jetzt ist das Thema geklärt.

„Wir müssen sie ganz langsam an uns gewöhnen", sagte er. „Ich kenne mich damit aus."

Da Sonntag ist und wir kein Katzenfutter haben, fahren wir trotzdem wie geplant los, nach Akaroa. Wir bummeln durch die Künstlergalerien und sprechen über die Kätzchen. Wir sitzen im Cafe und diskutieren Namen. Wir gehen am Strand spazieren und planen den Einbau einer Katzenklappe vom

Wintergarten ins Haus.

„Was wollen wir kaufen?" fragte ich spontan, als mein Kind ins Fenster eines Spielzugladens guckt – die wenigsten Läden haben sonntags zu.

„Katzenfutter", sagt sie.

Mit einer Tüte voll Anfangsnahrung und Dosenfutter für Erwachsene sowie zwei Futternäpfen kehren wir nach Hause zurück.

„Wir müssen vorsichtig sein, um sie nicht zu erschrecken", sagt mein Mann. „Lasst mich das machen."

Bis auf zwei Meter darf er sich den Kleinen samt Näpfen nähern, bis die Mutter ihm die Krallen zeigt.

„Sind es Jungen oder Mädchen?" will mein Kind wissen. „Und wie alt sind sie?"

„Etwa acht Wochen", sagt er. „Sie haben die Augen weit geöffnet, und ich glaube, das Kätzchen mit den weißen Gesicht und den schwarzen Ohren ist ein Junge. Das komplett schwarze ist viel kleiner und rundlicher. Das ist bestimmt ein Mädchen."

„Dann heißen sie Patch und Lucy, oder?" Auf diese Namen hatten wir uns am Strand von Akaroa geeinigt. „Wo wohnen sie, und wann ziehen sie bei uns im Haus ein?"

„Tja", sagt mein Mann mit überlegener Miene. „Ein, zwei Wochen wird es bestimmt brauchen, bis die Mutter uns vertraut. Bis dahin schlafen sie, glaube ich, im Gartenschuppen, wo sie geboren wurden."

Das ist drei Monate her. Die Kleinen sind deutlich größer und wir dürfen uns ihnen inzwischen auf einen halben Meter nähern, weil die struppige, aber fürsorgliche Mutterkatze sie nicht mehr Tag und Nacht überwacht und uns wütend vertreibt (wenn wir uns mit dem Futter verspäten, faucht sie allerdings auch). Sie bleibt mehr und mehr weg, und das Kind und ich haben Lucy und Patch sogar schon gestreichelt. Die Kratzer haben kaum geblutet.

Auf jeden Fall gehören wir nicht mehr zur Minderheit der Tierlosen. Fast jeder im Dorf hat Katzen oder Hunde. Debbie hat einen Kater, unsere andere Nachbarin hat zwei Katzen. Und einen Hund. Und zehn Hühner. Und drei Schafe (obwohl die Zahl wechselt, je nach Saison und Appetit ihrer Familie).

Lämmer im Garten sind außerhalb der Stadt so normal wie in Deutschland ein Kanarienvogel im Käfig. Die Tiere sind Haustiere, Spielgefährten für die Kinder, und Vorrat für die Tiefkühltruhe.

„Kein Grund für Sentimentalität", sagt Jo, als sie mich samt Tochter einlädt, uns ihre Ferkel anzugucken. Sie führt uns zum Pferch in ihrem zwei Hektar großen Garten. Die Ferkel kommen angerannt, sobald sie mit einem Löffel auf den blechernen Futtereimer schlägt. Sie beugt sich vor, um eines der drei rosigen Bündel zu streicheln.

„Gehören die dir?" fragt meine Tochter ihren Freund Rob, Jos Sohn.

„Ja." Er nickt voller Besitzerstolz. „Aber nur bis Weihnachten, sagt Mum. Dann werden sie gegessen."

„O."

Jo guckt mich mitleidig an. „Das ist auch nichts anderes, als wenn du zum Schlachter gehst. Wir wissen jedenfalls, dass die Ferkel ein gutes Leben hatten und was sie gegessen haben, ehe sie zum Weihnachtsbraten werden."

„Stimmt", gebe ich zu, aber als echte Städterin ziehe ich mein Fleisch in anonymer Form vor, wenn ich es nicht gerade noch gestreichelt habe.

Insofern bin ich froh, dass wir von Katzen adoptiert worden sind und nicht ein mutterloses Lamm mit der Flasche aufziehen. Zu wissen, dass meine Nachbarn einen Großteil ihrer Tiere für den Herd bestimmt haben, ist genug, ohne dass jemand mich besucht und beim Streicheln meiner Tiere zärtlich „Minzsauce" murmelt.

Sogar Tina ist soweit assimiliert, dass sie bei so etwas nicht mit der Wimper zuckt. Sie hat drei Schafsfelle vor dem Kamin, die sie zu Lebzeiten Rosie, Annie und Blackie genannt hatte. Aber wir sind ja erst seit weniger als einem Jahr hier und noch in der Übergangsphase.

Von Schafen, Schweinen und Katzen

Unsere Katzen gelten bereits als verwöhnt, mit ihren vier Sorten Dosenfutter. Neulich waren sie übrigens beim Tierarzt. Patch ist weiblich, Lucy heißt seitdem offiziell Lucifer, und auch ansonsten trauen wir der angeblichen Expertise meines Mannes nicht mehr so recht.

❧ 20 ☙

KUNST AN JEDER STRAßENECKE

Statistisch gesehen muss ich in den vergangenen Wochen dem nächsten Picasso begegnet sein. Dieses Land wimmelt selbst in den entlegensten Orten von Malern (Anstreicher und Dekorateure wohlgemerkt nicht gerechnet).

Für mich war Malerei bisher etwas, das ich in Museen oder einem bei einem artistisch hochbegabten Kollegen bewundern konnte oder mir als Druck – mein Geschmack und mein Kontostand sind leider noch immer unvereinbar – an die Wand hängte.

Die Neuseeländer hingegen haben selbst in kleinen Dörfern ihre Kunstgesellschaft, nehmen Stunden und stellen aus. Galerien sind allgegenwärtig. Sogar Leithfield bei Christchurch, wo ich wohne, verweist stolz auf sein weit über den Bezirk hinaus bekanntes Café samt Kunstgalerie und Weinhandel.

Gemälde in Öl und Kreide hängen in der Tankstelle zum Verkauf aus, beim Bäcker kam ich in Versuchung, außer Brot und Kuchen noch kurz eine Flusslandschaft zu erstehen, und auf dem Kunstmarkt, der jedes Wochenende vor dem Arts Centre in Christchurch Besucherscharen anzieht, führte die Auswahl an Originalen dazu, dass ich zwar liebend gern ein echtes, signiertes Gemälde besitzen wollte, mich aber leider nicht entscheiden konnte.

In Anbetracht der Tatsache, dass meine eigene künstlerische Karriere mit vier Jahren endete, weil meine Mutter nicht einsehen wollte, dass wahre Kunst für die Ewigkeit bestimmt ist und mein liebevoll gezeichneter Bär ihren kostbaren Teppich nur verschönerte, entwickle ich langsam einen Minderwertigkeitskomplex.

Den allerdings haben die Kiwis, trotz des Überflusses an Talenten, in dieser Hinsicht auch. Wird irgend jemand in der südlichen Hemisphäre mit einem Preis ausgezeichnet, vermelden die Zeitungen das mit einem gewissen zweifelnden Ton, als wollten sie sagen: „Schön, schön, aber kann das wirklich etwas zu bedeuten haben?"

Internationale Beiträge sind eher selten, und das nicht nur, weil die Beteiligung an

renommierten Ausstellungen teuer sind,
man zweifelt, dass sich der Rest der Welt für
Leinwände oder Skulpturen aus einem kleinen
Land am Ende der Welt interessieren könnte,
oder der Aufwand zu beschwerlich ist. Nein,
anscheinend ist das Hauptproblem die Qual der
Auswahl. Wird tatsächlich der Versuch gemacht
– und Neuseeland fördert tatsächlich noch die
Kunst –, einen Repräsentanten auszuwählen,
prasselt die Kritik schon auf die Protagonisten
herab, ehe das Oeuvre noch definitiv festgelegt
ist (erinnern Sie sich an das Tall-Poppy-
Syndrom?).

    Man hat nämlich schlechte Erfahrungen
gemacht. Die Biennale 2005 in Venedig ist ein
gutes Beispiel. Leider kann ich nicht aus eigener
Anschauung berichten, ob das neuseeländische
Kunstwerk wirklich ein Fehlgriff war, aber es
wurde als beschämend angesehen. Schlimmer
noch, sogar als anrüchig – wir wollen der
Diskretion zuliebe nur erwähnen, dass ein
Teil des Oeuvres aus einem künstlerisch
verfremdeten portablen Toilettenhäuschen
bestand ... Vielleicht sind deshalb die meisten
hiesigen Künstler nur Hobbymaler und –
bildhauer. Sie bleiben lieber verkannte Genies,
als sich einen Ruf als bekannte Dilettanten zu
erwerben.

    Allerdings kann das auch auf andere
Traumen zurückzuführen sein. Zum Beispiel auf

Hollywood. Russell Crowe etwa, der einen Teil seiner formenden Jahre auf neuseeländischem Boden verbracht hat, wurde mit Stolz als Kiwi bezeichnet, bis er dann genauso berüchtigt wie berühmt wurde – daraufhin haben wir hierzulande festgestellt, dass er im Grunde ja eher Australier ist.

Selbst der Drehbuchautor und Regisseur Taika Waititi, bekannt durch die Vampirkomödie „What We Did In The Shadows", „Hunt for the Wilderpeople" und – trara – „Thor: Ragnarok", ist durch Bemerkungen, dass Neuseeland das beste Land, aber alles andere als perfekt ist, jüngst in die Kritik geraten.

Stolz sind wir allerdings immer noch auf True Blood-Star Anna Paquin, die ebenfalls lange hier gelebt hat, Regisseur Peter Jackson, Rachel Hunter, ihres Zeichens Model und skandalfreie Ex-Gattin von Rod Stewart, und literarische Größen wie Janet Frame, Keri Hulme, Owen Jackson, der seinen Roman Hand Me Down World während seines Aufenthalts als Künstler in Residenz in Berlin geschrieben hat, und die jüngste Man Booker-Preisträgerin aller Zeiten, die brilliante Eleanor Catton – vielleicht auch, weil portable Klos in keiner wie auch immer gearteten Beziehung zu diesen bedeutenden Personen stehen.

21

VERTRAUEN IST ALLES

Das Böse ist überall. Leider, leider auch in Neuseeland. Im Jahr 2005 hat uns der Mord an einer deutschen Anhalterin schockiert. Obwohl, so in den Grundfesten erschüttert wie die Kiwis war ich nicht, auch wenn so ein Verbrechen hier statistisch gesehen nur alle vier Jahre passiert und die meisten Morde sich im Raum Auckland abspielen. Oder in Christchurch oder einer anderen Großstadt, und dann handelt es sich meist um Beziehungstaten.

Aber eine Anhalterin als Opfer, eine junge Frau, die als Touristin ihre heißgeliebte Heimat schätzen gelernt hatte, das erschüttert selbst hartgesottene Kiwi-Journalisten. Kein Wunder also, dass meine Nachbarn aus dem Kopfschütteln nicht mehr herauskommen.

Überhaupt kommt es ihnen so vor, als seien

die beiden Inseln in den vergangenen Jahren ein Tummelplatz für Kriminelle geworden.

Es ist halt alles eine Frage der Perspektive. Für jemanden wie mich, der aus einer deutschen Großstadt kommt, in der man nachts in manchen Vierteln die Ohren stets gespitzt hatte aus Angst vor leisen Schritten in dunklen Parkhäusern und verdächtigen Gestalten an fast menschenleeren Bahnhofsausgängen, klingen diese Klagen übertrieben. Außerdem habe ich einige Zeit als Redakteurin auch im Polizeiressort meiner Zeitung gearbeitet und bin daher etwas abgehärteter. Aber für die Kiwis ist es bitterer Ernst.

Vor zehn Jahren war ein gestohlenes Auto noch Grund genug für ein kollektives Stöhnen. Jetzt werden regelmäßig Fahrzeuge entwendet, und zwar bevorzugt in den Städten. Demolierte Briefkästen sind an der Tagesordnung. Kates Blechkasten sieht auf seinem Holzpfahl am Straßenrand aus wie eine Konserve, mit der man Fußball gespielt hat. Es gibt zunehmend Kapitalverbrechen im Drogen- und Sex-Milieu der Städte – zugegeben, weitaus weniger als auf der Reeperbahn, aber erschreckend genug für ein Land, das daran nicht gewöhnt ist.

Der Mord an einer Prostituierten, der kurz nach unserer Einwanderung Schlagzeilen gemacht hat, ist bis heute nicht geklärt. Dafür wurde jedes Detail ihres Vorlebens ans Licht der

Öffentlichkeit gezerrt.

Eine meine Nachbarinnen kannte das Opfer, gut genug, um bei der Beerdigung zu sprechen. Sie kann es immer noch nicht fassen.

Trotzdem: Die Kiwis staunen, sie erschrecken, klagen, dass alles immer schlimmer wird und bald amerikanische Verhältnisse herrschen werden – und sie fühlen sich trotz allem sicher.

Eine meiner Nachbarinnen ist ziemlich überzeugt, dass irgendwo ein Hausschlüssel existiert. Irgendwo, wohlgemerkt. Ihre Türen sind nie abgeschlossen. Eine andere Nachbarin lässt sogar ihr Auto offen, und damit sie den Zündschlüssel nicht verliert, bleibt er da, wo er hingehört. Im Zündschloss.

Es ist alles eine Frage des Vertrauens (und der Möglichkeit für Besucher, ein halbes Dutzend Eier auf den Küchentisch zu legen, oder, wie ich es für Debbbie mache, die Post ins Haus zu bringen und den Kater zu füttern).

Dieses Vertrauen ist weitverbreitet. Bei unserem Einzug fanden wir eine volle Garage vor – das Bett war vom Möbelgeschäft in unserer Abwesenheit geliefert worden, und selbstverständlich war die Garage nicht abgeschlossen.

Bisher hat noch niemand etwas darüber gesagt, dass ein Besuch bei mir damit verbunden ist, zu warten, bis ich die Tür öffne.

Jeder weiß ja, dass ich aus Deutschland stamme und deshalb eher mit Einbrechern rechne als mit frischen Eiern.

Und im Grunde ist es ein perfekter Test: Wer seine Türen abschließt, ist kein Einheimischer. Deshalb sind die Kiwis dennoch nicht zu vertrauensselig. Kaum jemand würde auf die Idee kommen, mutterseelenallein in ein fremdes Auto zu steigen. Nicht nach all dem, was in den vergangenen Jahren passiert ist. Außerdem könnte heutzutage sogar das Auto gestohlen sein.

ca 22 so

Ein echtes
Schönwettervolk

Hurra! Zum ersten Mal in den vergangenen 15 Monaten habe ich einen Anflug von Überlegenheitsgefühl verspürt, statt einen enormen Lernbedarf festzustellen. Jetzt stört es mich nicht länger, dass dreijährige Kinder inklusive meiner Tochter besser mit Hammer und Säge umgehen

Ein echtes Schönwettervolk

können als ich (unser Werkzeugkasten im Playcenytre ist mit allem möglichen ausgestattet, einschließlich Schraubzwingen!), und fast alle Frauen nähen, perfekt backen und Bäume fällen können.

Ich jedenfalls, und nur ich wie es scheint, bin den Wetterkapriolen gewachsen, und die Kiwis hier an der Ostküste Canterburys sind es nicht.

Mal um Mal habe ich mir anhören müssen – stets begleitet von einem geringschätzigen Grinsen –, dass die Nordinsel mit ihrem subtropischen Klima nur von verweichlichten Leuten bewohnt wird, Typen, die schon bei zehn Grad ihre Jacken anziehen (natürlich in Verbindung mit einem leicht stürmischen Wind).

Echte Kerle, sagen die Südinsulaner, brauchen das nicht. Oh nein. Begleitet werden solchen Bemerkungen normalerweise mit einem mitleidigen Blick auf mich, wenn ich mich fester in meinen Mantel hülle, und guten Ratschlägen.

„Zieh noch einen Fleecepullover oder zwei an", sagt Don.

„Frieren ist Einbildung", sagt Geoff. „Denk dich warm."

„Leg dir ein bisschen mehr Fleisch auf den Rippen zu", sagt Craig, aber das war, glaube ich, als Scherz gemeint. Trotzdem, ich scharre jedes mal nur mit den Füßen und bibbere vor mich hin, während mein Selbstbewusstsein schrumpft.

Aber pünktlich zum Frühlingsbeginn kommt die Stunde meines Triumphs.

Vormittags um zehn haben wir noch 13 Grad. Mein Kind trägt ein Kleid. Plötzlich kommt ein eisiger Wind auf, die Temperatur fällt, und schwere Wolken bedecken den Himmel.

Mehr und mehr bläst der Wind. Schneeflocken tanzen nicht vom Himmel, sondern stürzen, und binnen einer Stunde ist alles weiß. Ich bin so überrascht, dass ich erst nach einer halben Stunde auf die Idee komme, meine Tochter wärmer anzuziehen und mit ihr in den Schnee zu gehen.

Im Nachbarhaus drücken sich die Kinder die Nasen an den Fensterscheiben platt, bis Debbie, die kurz vor uns aus Wellington hierhergezogen ist, aus dem Staunen heraus und ins Freie kommt.

„Schnee", ruft ihre Tochter aufgeregt und streckt die Hände aus.

„Die Flocken fühlen sich ja gleichzeitig warm und kalt an", sagt Debbie aufgeregt. Ihre Augen leuchten. Sie fängt an zu lachen. Dies ist der zweite Schnee ihres Lebens.

„Es schneit, es scheit, es schneit." Ihr zwei Jahre alter Sohn setzt sich ins frischgefallene Weiß und beginnt zu weinen, weil es sich nass anfühlt. Meine Tochter rollt voller Hingabe ihren ersten Schneeball, und ich, ich gehe zur Tagesordnung über ...

Der Rest der Bewohner von Canterburys Küstenregion tut das allerdings nicht: Der schlimmste Schneesturm seit Jahren – insgesamt fallen zehn Zentimeter, gerade genug, um in unserem Garten einen Schneemann zu bauen – legt das Leben für mehr als einen Tag fast völlig lahm.

Die Schulen werden geschlossen. Post gibt es nur in der Innenstadt von Christchurch. Die Busse fahren nach einem Notfahrplan. Autos werden stehen gelassen. Geschäfte bleiben dicht. Es herrscht Ausnahmezustand.

Am nächsten Morgen ist der Schnee fast völlig weggetaut, und meine Kiwi-Nachbarn können ihr Glück kaum fassen. Jacken oder nicht, die Neuseeländer sind ein sonnenverwöhntes Schönwettervolk.

Knapp über 2000 Sonnenscheinstunden im Jahr hier in Canterbury – etwas weniger als die Costa del Sol – haben sie ungeeignet gemacht für normales Wetter.

Natürlich habe auch ich nichts gegen strahlend helle Wintertage mit 15 Grad einzuwenden, die hier fast automatisch auf Nachtfrost folgen, und blühende Blumen das ganze Jahr über sind deutlich attraktiver als die kahlen Gärten im deutschen Winter. Aber sich so anzustellen, nur weil ein paar Schneeflocken vom Himmel fallen, ist nun wirklich etwas übertrieben.

Ich fahre auch dann Auto und ich gehe ins Freie, was hier unter derart schlechten Wetterbedingungen nur Verrückte, Farmer und natürlich die Alpenbewohner und die von unten im eisigen Süden machen. Erstere wissen es nicht besser, Farmer haben keine Wahl, und die Leute aus den Bergen und dem Süden sind sogar an ernstzunehmenden Schneefall gewöhnt.

Meine Nachbarn jedenfalls sind es nicht. Drei Wochen lang ist der Schnee Gesprächsthema, bis es langweilig und mein Dauergrinsen schon fast schmerzhaft wird.

„Das war ein Ausnahmefall", sagt Debbies Mann, der um die Ecke aufgewachsen ist, als ich ihm von meinem großen Plan erzähle. Ich will für meine Tochter einen Schlitten kaufen, damit sie rodeln kann. Und sollte der Schnee nicht wieder zu uns kommen, bin ich bereit, dem Schnee entgegenzufahren.

Debbies Mann verzieht das Gesicht. „In den Schnee kommen ist kein Problem, wenn du Richtung Alpen fährst", sagt er, „aber ein Schlitten?"

„Haben eure Kinder keinen?"

„Nein", sagt er, „wozu? Ich wüsste nicht mal, wo man so etwas bekommt."

Die Verkäuferin im Warehouse in Rangiora,

Ein echtes Schönwettervolk

einem riesigen Billigwarenhaus, wo es alles von Andre-Rieu-CDs zu Pflanzen, Kleiderschränken und Kleidung gibt, weiß es auch nicht.

„Schlitten?" wiederholt sie großäugig. „Schlitten?"

„Ja", sage ich. „Für den Schnee? Um darauf einen Hügel hinunterzufahren oder gezogen werden?"

„Schlitten?" Sie schüttelt den Kopf. „Ich frag mal meine Kollegin."

Die beiden Frauen stecken die Köpfe zusammen und sehen mich ratlos an. Dann kommt die Kollegin auf mich zu. „So etwas hatten wir mal vor drei Jahren, aber seitdem habe ich keine Schlitten mehr gesehen. Vielleicht gibt es so etwas noch im Sportgeschäft."

Mit Kind an der Hand gehe ich in den Sportladen.

„Tut mir leid", sagt dort die Verkäuferin. „Aber in Christchurch sollte es so etwas geben."

Wir steigen ins Auto und fahren in die Stadt. Fehlanzeige. Frustriert kehren wir nach Hause zurück.

Die Schlittensuche wird fast so etwas wie eine Obsession. Meine Tochter soll rodeln können! Drei Wochen dauert es, bis ich Erfolg habe und auch das habe ich nur einem Zufall zu verdanken. Bei Plastic Box, einer Kette mit Plastikwaren rund um den Haushalt, suche ich einen stabilen Wäschekorb, als ich ihn sehe.

Knallrot, aus Plastik und mit einer weißen Leine hängt er an der Wand. Fast treten mir Tränen in die Augen. Mein Kind staunt wortlos. Ich vergesse den Wäschekorb und meinen Traum von einem Holzgestell auf Kufen.

„Ist das ein echter Schlitten?" frage ich ehrfürchtig.

„Ja", sagt die Kassiererin. „Gerade eingetroffen."

„Ich nehme ihn", sage ich.

Vorsichtig lege ich die Neuerwerbung in den Kofferraum, bevor das Kind und ich einen Freudentanz auf dem Parkplatz aufführen.

Jetzt brauchen wir nur noch Schnee. Am Wochenende sollen es 13 Grad werden, am Vormittag. Da hier das Wetter aber alle Viertelstunde wechselt, hege ich berechtigte Hoffnung auf dicke Flocken ein paar Stunden später.

᥀ 23 ᥎

REISEFIEBER

„Erst das eigene Land sehen", heißt das Motto. Das liegt auch daran, dass der nächstgelegene Nachbar, Australien, 1600 Kilometer weit übers Meer entfernt ist. Bis in die Antarktis sind es 2300 Kilometer.

Doch auch innerhalb des Landes sind die Reisezeiten nicht gerade gering. Nord- und Südinsel sind durch die 35 Kilometer breite, für stürmisches Wetter bekannte Cookstraße voneinander getrennt.

Auch wenn Christchurch auf der Landkarte ungefähr auf halber Höhe der langgezogenen Südinsel liegt, sind es rund fünf Autostunden nach Picton im Norden. Über die Alpenpässe an die Westküste brauchen wir rund vier Stunden.

So albern ich mir in der Innenstadt auch in unserem Geländewagen vorkomme, so nützlich ist er außerhalb der Städte. Neuseeländische Straßennamen sind meist ernst gemeint, vor allem, wenn sie aus Pionierzeiten stammen. „Starvation Road", „Straße des Verhungerns", „Dead Man's Corner", „Ecke des toten Mannes" erinnern daran, langsam zu fahren und Proviant mitzunehmen.

Ein Straßenname, der sich als überraschend euphemistisch erweist, ist der „Rainbow Highway". Die „Regenbogen-Autobahn" führt an dichtem Buschland vorbei in zumindest im Spätherbst karges Bergareal, mit einem Himmel, der so hoch erscheint wie nirgends in den Städten. Allerdings zeichnet sich die Straße auch durch Löcher aus. Am Anfang sind es normale Schlaglöcher, die unser Geländewagen mühelos bewältigt. Doch mit jedem Kilometer klafft der Asphalt weiter auseinander, und wir schaukeln wild darüber hinweg.

Allmählich bricht mir der Angstschweiß aus, dass wir hier mitten im Nirgendwo steckenbleiben. Wir suchen nach einer Wendemöglichkeit, die wir schließlich auch finden, in Sichtweite eines ein Meter breiten und noch tieferen Spalts. Nach dieser Erfahrung stimme ich für bekannte Pfade, mit Tankstellen und Restaurants auf dem Weg.

Einer der schönsten und mit 80 Minuten Fahrtzeit am schnellsten erreichten Orte ist der Kurort Hanmer Springs am Fuße der Alpen. Seinen Namen verdankt der Ort natürlichen Thermalquellen, die zu den meistbesuchten Attraktionen der Südinsel gehören. In den verschiedenen Becken, die je nach Wassertiefe für Kinder freigegeben sind, entspannen sich Einheimische und Touristen aus aller Welt, die in dem mondänen Ort die Wahl zwischen Luxushotels und Jugendherbergen haben. Rutschen, Saunen, Planschbecken und Aquatherapie rechtfertigen die Eintrittspreise allemal.

Die Hauptstraße ist gesäumt von Restaurants und Boutiquen. Weil die Berge ringsherum relativ sanft ansteigen, macht meine Tochter hier ihre ersten Rodelversuche mit dem jüngst erstandenen Schlitten. Die werden allerdings dadurch erschwert, dass ich auf den ebenen Stücken den Schlitten ziehen muss, ohne die unter dem Schnee verborgenen Steine sehen zu können. Das ist mühsam. Trotzdem genießen wir es.

Anschließend wärmen wir uns mit sahnegekröntem Kakao als Nachtisch vor einem prasselnden Feuer in einem aus Holz und Stein gebauten Restaurant auf. Die bis zu 40 Grad warmen Thermalquellen sollen im Winter besonders wohltuend sein, aber das sparen wir uns für den Frühling auf. Wir sind hier für den Schnee.

Andere Leute, die bei dichtem Schnee dieselbe Idee hatten, sind an einem anderen Wintertag weniger glücklich als wir. Nur wenige Kilometer vor Hanmer Springs ist die Straße vor einer schmalen Brücke links und rechts mit liegengebliebenen Autos ohne Allradantrieb oder Schneeketten gesäumt. Winterreifen sind hier nämlich so gut wie unbekannt.

Für lange Ausflüge ist unser Lieblingsziel Hokitika an der Westküste. Auf halbem Weg machen wir in Arthur's Pass Village Rast. Wanderwege führen von hier aus auf verschlungenen Pfaden tief in den Busch, der fast bis zu den Gipfeln reicht. Unser Ziel ist ein Wasserfall, der in der Nähe der Hauptstraße gelegen ist. Der „Devil's Punchbowl Waterfall" ist der spektakulärste Wasserfall im Arthur's Pass Nationalpark, aber auch der kürzere Weg zum Nacht teils beleuchteten „Avalanche Creek Wasserfall" lohnt sich. Eine hölzerne Aussichtsplattform bietet einen hervorragenden Blick auf den herunterstürzenden Wasserfall, und in dem klaren Gebirgsbach tummeln sich

Fische. Mir wird von einheimischen Anglern versichert, dass es sich dabei um Forellen handelt.

In den Baumwipfeln lärmen Keas, eine extrem neugierige Papageienart, die sich außer durch ihre lauten Stimmen und das bunte Gefieder auch durch ihre Unerschrockenheit auszeichnen. Überall in dem Dorf, das weniger als drei Dutzend dauerhafte Bewohner haben soll, hängen Warnschilder.

Die Keas sind besonders interessiert an Scheibenwischergummis, Autofensterdichtungen – und an Essen. Meine Tochter blickt ungläubig, als ein Kea sich ihr gerade serviertes Schinkensandwich vom Teller schnappt, sich auf dem Restaurantdach niederlässt und in unserer Sichtweite die Beute verzehrt.

Immer urwüchsiger wird es, als wir wieder im Auto sitzen und uns Hokitika nähern. Wo Christchurch mit seinen nach englischem Stil angelegten Gärten und der dazu gehörigen Architektur sehr europäisch anmutet, ist hier die neue Welt nicht zu übersehen. Meterhohe Farne, Flachs, gelb blühende Kowhai und bis zu 50 Meter hohe Kauri bilden einen grünen Dschungel, durch den die sengenden Sonnenstrahlen gefiltert werden.

Am Strand von Hokitika peitscht die Brandung ans Ufer. Windstill is es selten, aber an einem klaren Tag reicht der Blick bis hinauf zu Neuseelands höchstem Berg.

Aoraki oder Mount Cook, wie die Briten ihn getauft hatten, ist 3724 Meter hoch. Der Berg ist trügerisch. Rasch wechselndes Wetter, Eis und Gletscherbildung, Steinschlag und Lawinen haben allein im 20. Jahrhundert mindestens 80 Bergsteigern das Leben gekostet. Der Neuseeländer Sir Edmund Hillary, der 1953 gemeinsam mit seinem Sherpa Tenzig Norgay als erster den Mount Everest erklommen hat, machte 1948 seinen ersten Aufstieg zum Gipfel des Aoraki.

Hokitikas Glanzzeit war während des Goldrausches vor 150 Jahren. Vor allem aus Großbritannien kamen Goldsucher angeströmt. 41 Schiffe lagen hier am 16. September 1867 in der Werft, und für eine kurze Zeit war Hokitika einer der reichsten und größten Orte Neuseelands. Mit den Goldsuchern kamen zwielichtige Gestalten, die der Westküste einen wilden Ruf einbrachten. Eleanor Cattons mit dem Booker-Preis ausgezeichneter Roman „Die Gestirne" spielt im Hokitika dieser Zeit.

Statt um Gold dreht sich heute viel um Pounamu, neuseeländische Jade, die in der Maori-Kultur eine wichtige Rolle spielt. Waffen, Werkzeug und Schmuck wurden jahrhundertelang aus dem grünen Edelstein gefertigt, dessen Härte ihn so wertvoll macht.

Reisefieber

Gefunden wird er nur an wenigen Orten, und Hokitika ist das Pounamu-Zentrum.

In etlichen Studios werden vor den Augen der Besucher Skulpturen und Talismane geschnitzt. Koru, die Spirale des Farnwedels, symbolisiert einen Neuanfang. Der Angelhaken Hei Matu steht für den Respekt vor dem Wasser und den Meeresbewohnern. Der Twist, eine einfache, doppelte oder dreifache Spirale ohne Anfang oder Ende, symbolisiert die Ewigkeit.

Die Jade-Schnitzer sind echte Künstler. Fast alle gehören einem der Maori-Stämme aus der Umgebung an. Wir schauen andächtig zu, wie aus einem grünen Stein ein filigranes Schmuckstück entsteht.

Obwohl wir nichts kaufen, drückt der Steinmetz meiner Tochter ein Stück Jade in die Hand. „Als Glücksbringer", sagt er.

Jedes Mal, wenn wir nach Hokitika fahren, sage ich, „Beim nächsten Mal müssen wir ein paar Tage lang bleiben." Doch weil Neuseeland so viel zu bieten hat, schieben wir es immer wieder auf. Und selbst für einige Stunden ist es die lange Fahrt wert

~ 24 ~

SPORT VEREINT DIE KIWISCHAREN

Ein Unterschied zwischen Deutschland und Neuseeland lässt sich nicht übersehen. So ähnlich sich die Menschen in beiden Ländern in mancher Hinsicht auch sind, so verschieden sind sie, wenn es um Sport geht.

Die Kiwis lieben Sport, fördern ihn, bejubeln ihn, und: Sie machen mit.

Der Sportteil meiner Zeitung ist jeden Tag umfangreicher als die durchaus zufriedenstellende Berichterstattung aus aller Welt.

In jedem etwas größeren Ort gibt es zumindest einen Golfplatz, Rugby- und Tennisplätze (schade, dass ich weder Golf noch Tennis und noch nicht einmal Rugby spiele).

In der Rugbysaison würde keine Frau es

wagen, Freunde an einem Spieltag einzuladen, obwohl ein Besuch im Pub in Ordnung ist. Dort gibt es schließlich Großbildleinwände ...

Sogar die Kinder sind schon angesteckt. Fünfjährige lassen sich nach der Schule, in der selbstverständlich etliche Wochenstunden auf den ausgedehnten Sportanlagen verbracht werden, zum Training fahren. Und zu Turnieren. Und Feiern hinterher.

Traumberuf der Jungen ist laut Statistik, ein Mitglied der Rugbynationalmannschaft „All Blacks" zu werden und bis dahin wenigstens die Fan-T-Shirts, Fan-Shorts, den passenden Bademantel und das entsprechende Handtuch zu besitzen.

Genügend Wissen besitzen die meisten schon in zartestem Alter. Väter, Onkel, Mütter und Freunde helfen dabei, in dem sie im Fernsehen den (bezahlten) Rugbykanal einschalten. Aus glaubhaftem Munde ist mir versichert worden, dass schon die zehnte Wiederholung eines Testspiels gegen Südafrika im Jahr 1972 genügt, um nicht nur jedes Detail des Spiels kenntnisreich kommentieren und nachvollziehen zu können, sondern sogar im Geiste das Spielfeld zu verbessern und das Publikum in den Tribünen umzuarrangieren.

Wie wichtig Sport und Rugby insbesondere für die Kiwis ist, beweist eine nette Anekdote aus dem Herzen der Christchurcher Innenstadt aus den Anfängen des 20. Jahrhunderts. Es ging um eine große Freifläche der Art, wie sie heute als Filetstück bezeichnet wird. Die Kirche wollte sie haben, um ein Gotteshaus zu errichten. Die Rugbyspieler wollten sie haben, um ihre Art der Andacht zu zelebrieren. „Die größere Religion hat gewonnen", heißt es zu dem Rugbyfeld.

Damit soll nicht gesagt werden, dass den Kiwis Gott nicht wichtig wäre. In jedem Ort befindet sich mindestens eine historische Kirche, die noch heute gut besucht ist (glücklicherweise kollidieren Gottesdiensttermine prinzipiell nicht mit Rugbyspielen). Gleich welcher Konfession die Gläubigen angehören, sie sind willkommen, finden eine reiche Auswahl an unterschiedlichen Glaubensrichtungen – und wem das nicht genügt, der findet Gleichgesinnte eben da, wo alle Kiwis gleich sind vor dem Herrn. Auf dem Rugbyplatz.

✎ 25 ✐

ÜBERFLUSS UND MANGELWARE

Kiwis sind stolz auf ihre Pioniertradition. Auf ihre Genügsamkeit. Auf ihre Improvisationstalente. Aber irgendwie kann ich mir nicht helfen, ich habe das Gefühl, dass ihnen der Blick für Wesentliches verloren gegangen ist.

Dazu muss man wissen, dass dieses Land in rund eineinhalb Jahrzehnten gewissermaßen einen Quantensprung gemacht hat. Als die Einfuhrzölle fielen und Waren aus aller Welt ins Land kamen (vor allem natürlich aus Asien), muss es den Kiwis vorgekommen sein wie den Nachkriegsdeutschen das Wirtschaftswunder: Alles war möglich.

Das Ergebnis? Im Supermarkt kann ich zwischen 150 Regalmetern Toastbrot wählen (die Sorten sind fast identisch, aber ich will nicht pedantisch werden), die Fernseher sind vom Format und von der Auswahl her gigantisch, der Heimwerkermarkt ist so riesig, dass Eltern ohne das Café und den Spielplatz dem Hungertod nahe und selbstmordgefährdet wären, aber die wirklich essenziellen Dinge sind mit der Lupe zu suchen.

Nehmen wir die Sache mit meinen Haaren. Meine Frisur führt, um es diskret auszudrücken, ein Eigenleben. Sie ist unabhängig, rebellisch und nur Experten anzuvertrauen. Also erkundigte ich mich nach einem guten Friseur – bei den Müttern natürlich, die selbst gute Haarschnitte aufzuweisen haben.

Die drei zuckten mit den Achseln und sagten: „Das ist Glückssache. Vielleicht in der Stadt ..." Damit meinten sie Christchurch, obwohl es in Rangiora mehr Friseure gibt als Immobilienmakler, und das will etwas heißen.

Mein erster Versuch, ein für hiesige Verhältnisse teurer Salon mit gutem Ruf, gab dem Ausdruck „Bad hair day" – Sie wissen schon, einer jener Tage, wo man am besten im Bett geblieben wäre – eine völlig neue Bedeutung. Ich sah mich gezwungen, zwei Monate lang mit einem Zopf herumzulaufen.

Erst gespaltene Haarspitzen trieben mich dazu, erneut mein Schicksal aufs Spiel zu setzen. Meiner Familie war aufgefallen, dass ich ohne Zentralheizung leben kann, klaglos Feuerholz trage und im Playcentre den Boden

Überfluss und Mangelware

schrubbe, aber kaputte Haare sind selbst für meinen Pioniergeist zu viel.

Also fing ich an, nach einer Friseurin zu fahnden, deren Haarpracht nicht den Gedanken an Schafschur oder Heimdauerwelle aufkommen lässt. Schließlich wurde ich fündig, in einem Salon in einem der größten Einkaufszentren.

Susan ließ ihre Finger durch mein Haar gleiten. Ihre Schere vollführte ein Ballett, und ich kniff aufgrund schlechter Erfahrungen die Augen zu, bis die Prozedur vorüber war. Ein Triumph! Neun Monate lang blieb Susan mir treu, bis zu jenem schicksalsschweren Tag, als ich zu meinem Termin auftauchte und erfahren musste, dass Susan gekündigt hatte, um ein bisschen zu reisen.

Ich wankte davon und suchte mein Heil in der Innenstadt, bei dem jüngst eröffneten Ableger einer europäischen Kette. Hurra! (Zur Ehrenrettung vieler Friseure muss gesagt werden, dass sie sich alle Mühe geben, aber es halt einen Unterschied macht, ob man einen 30-wöchigen Kursus belegt oder eine solide deutsche Handwerkslehre absolviert. Inzwischen habe ich außerdem drei erstklassige Haarkünstlerinnen entdeckt.)

Die gerettete Frisur hat mir Auftrieb gegeben für meine zweite Mission, die mich seit fünf Monaten beschäftigt. Ich suche eine Butterdose.

Zweimal habe ich eine in einem exklusiven Geschäft gesehen – Edelstahl, hässlich, und für 250 Gramm Butter gedacht. Hier wird sie aber pfundweise gekauft. Außerdem möchte ich Keramik, und zwar attraktiv.

Die Verkäufer, an die ich mich in meiner Naivität wandte, traf fast der Schlag. „Eine Butterdose? Wofür?"

„Ähhm, nun, um Butter hinein zu tun."

„Oh. Vielleicht bei den Plastikwaren?"

Ich könnte mir die Haare raufen (inzwischen splissfrei, geschnitten und erfolgreich gezähmt).

Aber vielleicht bin ich das Problem. Ich verdrehe oft genug die Augen, wenn sich andere Einwanderer beschweren, dass es den Kiwis an Kultur, Lebensart oder dem nötigen Ellbogenbewusstsein fehlt. Und jetzt muss ich mir eingestehen, dass ich selbst nicht viel anders bin.

Denn, bei aller Liebe, wer nach Neuseeland kommt, um ein Luxusleben zu führen, ist hier fehl am Platze. Statt dessen geht es ums Lebensgefühl, nicht um Stil, und um Gemeinschaftssinn statt Platzhirschgefechten.

Seit mir das klar geworden ist, finde ich mich leichter mit Enttäuschungen ab. Die Butter kommt in eine Plastikdose, gutes Brot kann ich auch selbst backen, aber in zwei Punkten bleibe ich eisern. Ich kaufe Kinderschuhe nur im Fachgeschäft mit Importware aus Europa, und ich lege Wert auf einen guten Haarschnitt.

Tina nickt, als ich ihr meinen erleuchteten Standpunkt darlege.

„Ich bin fünf Jahre lang eine Stunde mit dem Auto zu meiner Friseurin gefahren, als die ihren Salon gewechselt hat", sagt sie. „Das und ein guter Zahnarzt ist das Wichtigste."

Vier Jahre hat sie gebraucht, um ihren Zahnarzt ausfindig zu machen. Der Gedanke an einen Wechsel löst bei ihr leichte Schwindelgefühle aus. So oft sie auch umzieht, sie bleibt immer in seiner Nähe.

26

Vergnügen ist eine ernsthafte Angelegenheit

Das halbe Dorf war am Sonnabend auf den Beinen. Ein Tanzabend lockte – und das Gefühl, sich zu engagieren. Hier in Neuseeland ist nämlich ein Vergnügen nur dann ein echtes Vergnügen, wenn es einer guten Sache dient.

Die Kiwis haben es offenbar nie gelernt, über leere Kassen die Nase zu rümpfen und darauf zu warten, dass die Regierung oder sonst jemand mit Verantwortung Abhilfe schafft.
Sie krempeln stattdessen die Ärmel hoch.
Außerdem geben Benefiz-Veranstaltungen den Frauen eine gute Ausrede, um den Sportkanal auszuschalten.

Seit unserer Ankunft habe ich ungenießbare Bratwürstchen zugunsten der Krebshilfe verzehrt, Lotterielose gekauft, um benachteiligten Kindern zu helfen, und bei der Öffentlichkeitswerbung einer Zwei-Mann-Show zugunsten von Schule und Playcentre mitgewirkt.

Die Einnahmen sollten dazu dienen, eine halbe Lehrerstelle an der Schule auf eine ganze aufzustocken, und im Playcentre musste das Sonnensegel über der Sandkiste ersetzt werden.

Auf ähnliche Art und Weise kommen Schulen zu neuen Spielplätzen, Senioren zu Ausfahrten, Dorfbibliotheken zu Büchern, Sportvereine zu neuen Trikots ...

Dieser Tanzabend fiel dennoch ein bisschen aus der Reihe. Der Erlös (plus private Spenden) wurden für ein krankes Kind benötigt, ein sechs Jahre altes Mädchen mit einem seltenen Tumor, das in diesen Tagen in den USA operiert wird. Die Nachricht wurde nicht durch die Presse verbreitet, sondern durch Nachbarn, und zwar ganz sachlich.

Die Mutter hatte im Stillen bereits dafür gesorgt, dass eine Hilfsorganisation die Flugkosten übernimmt, das Hospital in Maryland trägt die OP-Kosten, und alles andere muss aus eigener Tasche finanziert werden.

Ihr war es sogar peinlich, dass im Playcentre eine Spendendose aufgestellt wurde. Die letzten Stunden vor dem Abflug verbrachte sie mit Dankesbriefen und Telefonanrufen.

Für den Monat, den sie mindestens mit

ihrem Kind in den USA verbringen wird, sind inzwischen schon Pläne gemacht wurden. Es haben sich reihum Freiwillige gemeldet, um den Rest der Familie mit Essen zu versorgen, Kuchen zu backen, und den Dreieinhalbjährigen zum Spielen zu sich zu nehmen.

Und es gibt mehr als genug Helferinnen, die in ihrer Abwesenheit Jos gesamte Ehrenämter übernehmen. Zum Glück, denn Jo ist die treibende Kraft im Ort und in zwei Wochen ist ein Straßenfest geplant, mit Verkaufs- und Flohmarktständen, Essen, Glücksspielen und Vergnügen für alle, vom Säugling bis zum 90-Jährigen. Wir Mütter und Väter vom Playcentre planen ein besonders volles Programm – der Erlös kommt schließlich den Kindern zugute. Und nichts macht den Kiwis mehr Vergnügen als ein guter Zweck.

ॐ 27 ॐ

Küchenspass auf Neuseeländisch

Manche Fragen bereiten mir echte Probleme. Ich kann mühelos Auskunft geben über das Wetter in Deutschland, die Unfallstatistiken und die Frage, ob BMW besser ist als Mercedes. Aber seit meine Nachbarinnen sich dafür interessieren, was typisch deutsches Essen ist, bin ich ins Grübeln gekommen.

Die Frauen haben von Weißwürsten gehört, von Sauerkraut und von Weizenbier. Ich auch. Aber wie erklärt man Kiwis, dass es einen Unterschied gibt zwischen bayerischer Küche und deutscher? Und dass es Menschen gibt, die von Natur aus experimentierfreudig sind, ich aber nicht zu denen zähle, die etwas essen, was sich entweder noch bewegen könnte (Hummer!!!) oder was ich kurz vorher noch gestreichelt hätte?

Glücklicherweise ist die Gegenfrage genau so schwierig zu beantworten. Einerseits ist die neuseeländische Küche stark britisch geprägt. Starker Tee mit Milch, Frühstückswürstchen, Eier mit Schinken, gebackene Bohnen auf Toast und der klassische Sonntagsbraten mit drei Gemüsesorten gehören traditionell dazu. Aber eben nicht nur.

Dazu muss man sagen, dass Kiwis, die nicht unbedingt in den wenigen Großstädten leben, in erster Linie Selbstversorger waren und sind – Supermärkte in zwei Autostunden Entfernung hinterlassen ihre Spuren im Alltag.

Fast jeder hat seinen Gemüsegarten mit Erbsen, Möhren, Spinat und Bohnen. Das ist frischer, besser und vor allem billiger, und wenn dann noch ein paar Schafe und Hühner herumlaufen, steht der Speiseplan fest.

Es gibt nur eines, woran ein echter

Küchenspaß auf Neuseeländisch

Kiwi nicht spart: an seinem Gartengrill. Die Investition in den Barbecue ist in den meisten Häusern größer als in Mobiliar oder Küchenherd. Für Anfänger oder Wochenendausflügler gibt es simple Modelle mit drei Flammen. Aber wer auf sich hält, kann auf seinem Grill Gemüse braten, Kartoffeln grillen und Würstchen warmhalten, während auf den Spießen Hähnchen oder Lammkeulen rotieren.

Die erste Mahlzeit, zu der wir hier eingeladen waren, war ein Barbecue. Dann kam der Winter, und drei Monate lang lebten alle so wie wir – mit Mahlzeiten aus der Küche. Inzwischen ist es längst wieder so warm, dass ich vermutlich die einzige Person im Lande bin, die noch immer mit Kochtöpfen und Bratpfannen hantiert (es sei denn, wir sind zum Grillen eingeladen ...)

Das merke ich besonders deutlich im Supermarkt. Neulich habe ich nicht aufgepasst und in Pflaumensoße mariniertes Steak gekauft und gebraten. Der Geschmack war gewöhnungsbedürftig. In meiner Zeitung finde ich jeden Dienstag neue Rezepte für honigglasiertes Brathühnchen vom Grill, Marinaden und Beilagen für Grillabende. Niemand kann mir sagen, ob man die Sachen auch auf einem normalen Herd zubereiten kann.

Allmählich mache ich mir Gedanken, ob ich

allmählich als exzentrisch gelte. Dabei habe ich bestimmt nichts gegen ein vernünftiges Barbecue. Es ist nur so, dass ich dem Grill nicht traue, der bei uns leicht verbeult im Garten steht, und ich keine Lust habe, in einen neuen mehr zu investieren als mein erstes Auto gekostet hat.

Was soll's, notfalls kann ich immer noch behaupten, dass in Deutschland nur Weißwürste gegrillt werden, mit Sauerkraut und Weizenbier dazu. Und auch dann nur, wenn man aus Bayern ist ...

ൠ 28 ൠ

VON ZWEIBEINERN UND VIERBEINERN

Wir haben eine aufregende Woche hinter uns, die aufregendste des ganzen Jahres. In Christchurch war „Race and Fashion Week". Pferderennen und Mode sind zugegebenermaßen keine einmalige Angelegenheit (ich wollte schon immer einmal in meinem Leben nach Ascot, konnte aber nie den passenden Hut finden), aber hier haben sie alles verändert.

Dazu muss man sagen, dass Pferderennen für die Kiwis gleich hinter Rugby kommen. Wenn ich wollte, könnte ich sogar auf Rennen in Australien wetten, die Form von Gäulen in den Vereinigten Staaten studieren und meine Wochenenden auf diversen Rennbahnen im Umkreis verbringen.

Aber die „Race and Fashion Week", die steht

auf einem ganz anderen Blatt. Vor allem für die Frauen. Wochenlang geht es im Vorfeld nur noch um Mode, Mode, Mode, die Wettbewerbe um den Titel der bestgekleideten klassisch eleganten Dame, den der bestgekleideten modern angezogenen Dame, den der Dame mit dem schicksten Hut ...

Dagegen geraten die Männer fast ins Hintertreffen, obwohl auch sie paradieren können, um eine Reise in eine europäische Metropole oder zumindest einen Kurztrip nach Australien zu gewinnen.

Das ist einfacher gesagt als getan. Es gibt zwar in Neuseeland seit mehr als 125 Jahren Mode aus den schicksten Ländern und von den edelsten Designern der Welt zu kaufen. Aber das sind Ausnahmen. Angeblich hat vor ein paar Jahren der damalige italienische Botschafter sich abwertend über die äußere Erscheinung der Kiwi-Damen geäußert und damit einen Proteststurm hervorgerufen. Mit Plakaten sollen die aufgebrachten Frauen vor der Botschaft deutlich gemacht halten, was sie davon hielten.

Die Neuseeländer bevorzugen nämlich praktische Kleidung. Wer seine Gartenarbeit unterbricht, um kurz zum Einkaufen zu fahren, zieht sich deswegen nicht extra um.

Und nun gibt es eine Woche lang überall in der Stadt Frauen in Cocktail- und Abendkleidern zu sehen, mit langen

Handschuhen, Hüten, die normalerweise dazu geführt hätten, dass überraschte Passanten mit offenen Mündern gegen Ampelmasten gerannt wären, und Schuhe mit Zehn-Zentimeter-Absätzen.

Irgendwie schön. Und auch lustig, weil nämlich einige der Damen anscheinend in den restlichen 51 Wochen des Jahres nur barfuß, beziehungsweise in Strandlatschen oder Joggingschuhen gegangen waren und es ihnen dementsprechend an der notwendigen Balance fehlte.

Ach so, die Pferde waren natürlich auch wichtig. Aber die Kiwis sind an schöne, hervorragend trainierte Rennpferde gewöhnt (das einbalsamierte Herz des berühmtesten Pferdes, Phar Lap, das 1932 Jahren unter mysteriösen Umständen bei einem Rennen in Kalifornien gestorben war, ist in einem Museum in Canberra ausgestellt, und das Skelett steht im absolut sehenswerten Te Papa Museum in Wellington), aber nicht an extravagante Moden. Eine Woche im Jahr genügt auch. Sonst müsste ich meine Gartenkluft wirklich für den Garten reservieren und mich doch auf die Suche nach einem Hut machen.

⚘ 29 ⚘

ALLES HÖRT AUF MEIN KOMMANDO

Alles hört auf mein Kommando

Ich habe einen neuen Titel. Seit einer Woche bin ich Madam President, und ganz ohne Wahlkampf.

Es fing, wie so vieles in meinem Kiwi-Dasein, harmlos an, mit der Playcentre-Jahreshauptversammlung.

„Du musst auf jeden Fall kommen", sagt Suzie.

„Alles, was wir machen, ist im Pub Pizza essen und Wein trinken", sagt Victoria.

„Das ist der beste Abend im Jahr", sagt Jo. Es spricht für meine Gutgläubigkeit, dass ich nicht gleich drei Meilen weit renne.

Der Abend lässt sich gut an, mit drei Sorten Pizza und Gelächter. Doch dann wird es ernst. Jahreshauptversammlung bedeutet nicht nur, den Bericht der Sekretärin (Ange) und Präsidentin (noch eine Ange) anzuhören, sondern auch Neuwahlen. Für 14 Ämter, auf die die Playcentre-Vereinigung Canterbury besteht. Und wir sitzen nur zu dreizehnt im Pub.

Ich trinke gerade einen Schluck Wein, als Victoria mir fest in die Augen sieht und sagt: „Ich nominiere Carmen als Präsidentin."

Der Wein gerät in die falsche Kehle, ich pruste, und Ange nutzt die Gelegenheit, den Antrag zu sekundieren und zur allgemeinen Abstimmung zu stellen. Das Ergebnis: Zwölf zu eins. Nur meine Stimme habe ich nicht bekommen.

In guter deutscher Tradition bin ich jetzt dabei, ein bisschen mehr Effizienz in unsere Playcentre-Versammlungen zu bringen. Einmal pro Monat treffen wir uns bei Tee und Kuchen, um die tagespolitischen Geschäfte zu erledigen. Das rangiert vom Banalen (welche Putzmittel sind wo anzuwenden?) übers Brisante (dürfen Mädchen Kleider und Röcke tragen und riskieren, dass sie auf dem Klettergerüst ihre Unterwäsche zeigen? Lange Debatte – aber wir haben uns durchgesetzt und Kleider zugelassen) bis zum garantiert Einschläfernden, wenn drei Seiten einer zu unterschreibenden Regelung vorgelesen werden.

Während meiner Amtszeit ist damit (fast) Schluss. Ich muss nämlich vorlesen, also habe ich pro Tempore entschieden, den ersten Absatz vorzulesen und im Notfall noch zu erkläen, worum es geht.

Die Sekretärin hat dadurch deutlich weniger aufzuschreiben, wir sparen mindestens eine halbe Stunde Langeweile und haben mehr Zeit für Spass. Da wir die Aufzeichnungen der Sekretärin in doppelter Ausführung an die Playcentre-Vereinigung schicken müssen, habe ich keinen ordnungsgemäßen Antrag gestellt, sondern selbstherrlich entschieden.

Ich bin eine beliebte Präsidentin, vor allem weil ich geschworen habe, Anweisungen getreulich zu befolgen, solange sie uns sinnvoll erscheinen. Sind wir nicht einverstanden, können wir nichts dafür, wenn plötzlich meine Englischkenntnisse versagen.

Auch so reicht der Arbeitsausfwand. Zwei bis drei Kilo Anträge, Durchschriften und Formulare auf rosa, gelben und grünem Papier landen zwei, drei Mal im Monat in unserem Briefkasten.

Aber es sind auch nützliche Informationen dabei, zum Beispiel der Antrag auf finanzielle Unterstützung durch eine Stiftung.

„Die sind großzügig", sagt Ange Nummer eins. „Als ich Präsidentin war, haben wir 1000 Dollar für ein Sonnensegel und Sandkistenspielzeug bekommen."

Ich gucke mich um.

„Brauchen wir irgendwas?"

„Bestimmt."

Ich setze das Thema auf die Tagesordnung für die nächste Versammlung.

Suzie möchte riesige Schaumstoffwürfel für die Babies und ein Kinderbett. Debbie möchte die Bücherei aufstocken.

Ange guckt mich an. „Du weißt, dass die Anträge ein Haufen Arbeit sind?"

Ich nicke. Für jeden einzelnen Gegenstand, den wir gerne hätten, müssen wir zwei Kostenvoranschläge einholen (Kataloge genügen auch).

Sechs Wochen kostet mich das und zwei

Nächte für den schriftlichen Teil. Aber was macht man nicht alles, um seinen Teil beizutragen und ein positives politisches Vermächtnis zu hinterlassen.

Trotzdem halte ich bereits Ausschau nach einer potenziellen Nachfolgerin. Wir haben zwei neue Familien im Playcentre, und eine Mutter scheint mir hervorragendes Material zu sein.

Ich gehe subtil vor.

„Du musst unbedingt kommen, wenn wir das nächste Mal im Pub ein Treffen haben", sage ich. „Pizza, Wein, und jede Menge Spass."

Bis zur nächsten Hauptversammlung wird sie sich soweit daran gewöhnt haben, dass sie keinen Argwohn hegen wird. Und bis dahin hört weiter alles auf mein Kommando.

～ 30 ～

JUGENDSCHUTZ DER BESONDEREN ART

Kinder groß ziehen ist schwierig.
Ich hätte allerdings nie geahnt, wie kompliziert es werden. Nach meiner Erfahrung (wir Journalisten sind nun einmal perfekte Beobachter) gibt es Wutphasen, Benimm-Lernphase, Zeiten für schlechte Haarschnitte und schlechtes Benehmen, und zwischendurch viele gute Zeiten.

Hier in Neuseeland ist es etwas anders. Oh, die Kinder zeigen meist ein besseres Betragen als heutzutage in Deutschland – sie sagen bitte, danke, und entschuldigen sich für „unschöne" Ausdrücke. Aber sie leben in einer Parallelrealität.

Im Ernst: Mit dem Fernsehen fängt es an. Jeder Film, jede Serie ist klassifiziert mit einer Art freiwilligen Freigabe. Ich habe kontrolliert:

Im gesamten Monat November liefen auf
Sky Movie 1, einem reinen Filmkanal, genau
zwei Streifen, die uneingeschränkt empfohlen
wurden. Der eine war „Im Dutzend billiger",
der zweite hatte die Olsen-Zwillinge als
Hauptdarsteller.

Alles andere wurde nur unter elterlicher
Aufsicht empfohlen, es gab Warnungen vor der
Ausdrucksweise, niedrigschwelliger Gewalt,
roher Gewalt, mehr nacktem Fleisch als nur
Oberarmen und Waden, und, und, und.

Ich bin vermutlich schon vollkommen
verroht, aber ich habe tatsächlich neulich
„Harry und Sally" gesehen (elterliche Aufsicht,
Sprache kann beleidigen), ohne rot zu werden.
Dabei ist meine Mutter gar nicht bei mir.
Vermutlich wäre sogar die „Lindenstraße" hier
frühestens ab 16 Jahren freigegeben und mit
düsteren Warnungen versehen.

Sie können jetzt gern einwenden, dass es
nicht schaden kann, Kinder und Jugendliche
nicht zu früh mit Gewalt, Sex und schlechter
Ausdrucksweise vertraut zu machen.

Aber, und jetzt kommt's, die selben
behüteten Jugendlichen dürfen ab 15 Jahren in
engem Kontakt zu etwas treten, was häufig zu
Kraftausdrücken führt, gelegentlich mit Sex zu
tun hat und gefährlicher ist als ein Jackie-Chan-
Film: Sie dürfen mit 15 Jahren Auto fahren.

In einem Alter, wo im Normalfall die

Hormone sämtliche zerebralen Funktionen ausschalten, genügen ein „L"-Schild für Learner und die Begleitung durch einen Erwachsenen, um jedes Auto lenken zu dürfen. Mit 16 Jahren folgt eine Prüfung (Fahrschulen sind kein Muss, kostspielig und gelten meist als überflüssiger Luxus), und das war es.

Das Ergebnis sind erschreckend hohe Unfallzahlen – die meisten Verursacher sind 15- bis 19-jährige Jungen, gefolgt von 20- bis 25-jährigen. Die Politiker streiten seit Jahren wegen der Altersgrenze fürs Autofahren, aber ohne echten öffentlichen Nahverkehr und mit einer Vielzahl von Müttern, die sich weigern, unentgeltlich jeden Tag Taxifahrer zu spielen, bleibt alles beim Alten.

Von mir aus kann mein Kind schon im Grundschulalter so gefährliche Sachen wie die Muppet-Show gucken (trotz Miss Piggys freizügiger Kleidung und ihrer eindeutigen Verführungsversuche!), aber ein Kind am Lenkrad kommt nicht in Frage. Noch nicht einmal dann, wenn es ganz bestimmt nicht über die anderen Verkehrsteilnehmer fluchen würde, sondern wohlerzogen vor sich hin murmelt: „Könnten Sie bitte nicht grundlos eine Vollbremsung auf der Autobahn machen? Danke!"

∞ 31 ∞

GRÜN, GRÜN, GRÜN — MIT NEBENWIRKUNGEN

Sogar hier in den Neuseeländischen ist es eine Meldung wert, wenn 120.000 Deutsche vorübergehend ohne Strom sind. Obwohl es eigentlich nicht der Rede wert sein sollte. Damit will ich nicht bagatellisieren, was die Betroffenen durchgemacht haben. Es geht eher darum, dass die Kiwis mit solchen Vorkommnissen mehr als vertraut sind.

Abgesehen vom Feuerholz sind sämtliche anderen Heizmöglichkeiten vom Strom abhängig, und wenn der mal ausfällt, müssen nicht unbedingt die Masten zusammengebrochen sein.

Dieses Land ist nämlich im Grunde schon sehr lange grün — mal abgesehen von der Landwirtschaft, die auf Unkrautvernichter angewiesen ist, um nicht binnen weniger

Grün, grün, grün – mit Nebenwirkungen

Wochen im Dschungel zu versinken.

Bereits vor mehr als 30 Jahren hat die entschiedene Ablehnung vom atomgetriebenen Schiffen in neuseeländischen Hoheitsgewässern die USA ziemlich verärgert. Den Kiwis war und ist das egal. Kernkraft- nein danke ist noch heute das Motto.

Leider gilt das aber auch für andere Energiegewinnung in großem Stil. Es gibt Windkraftanlagen – die entsprechenden Brisen übrigens auch, und nicht zu unterschätzen –, aber nicht übermäßig viele. Die Kiwis wollen ihre Landschaft nicht verschandeln, obwohl bei vier Millionen Einwohnern immer noch genug unberührte Gegenden übrig wären, wenn die Zahl vervierfacht würde.

Wasserkraft ist eine andere Option, die ebenfalls genutzt wird. In kleinem Stil, selbstverständlich. Schließlich wollen die Kiwis auch in die natürlichen Gegebenheiten ihrer Flüsse und Wasserfälle nicht eingreifen (und, ja, auch davon gibt es mehr, als ich aufzählen kann.)

Sonnenenergie? Hat man auch schon entdeckt, um wenigstens einen Teil des eigenen Stromverbrauchs zu decken. Aber, und es ist ein großes aber, die Anlagen sind teuer, teuer, teuer und darum nur selten auf den Dächern von Neubauten zu sehen.

Das Ergebnis ist ein Ökoparadies mit

Stromausfällen, weil immer mehr Menschen immer mehr Elektrizität brauchen. Auf der Südinsel mit rund einer Million Einwohnern insgesamt sind wir zwar nur selten betroffen, aber Auckland, die einzige Millionenstadt des Landes, steht nicht selten kurzfristig nicht mehr unter Strom, obwohl sie auch dann dynamisch ist.

Und die Moral von der Geschichte? Kommen Sie her (Sie werde es nicht bereuen). Erleben Sie ein Land voller atemberaubender Naturschönheiten. Atmen Sie klare See- oder Bergluft. Oh, und bringen Sie vorsichtshalber lieber Thermounterwäsche und batteriebetriebene Taschenlampen mit.

↞ 32 ↠

GESUNDHEIT IST EIN TEURES GUT

Es mag durchaus sein, dass das Gras auf der anderen Seite immer grüner ist. Allerdings kommt das meist vom Unkraut ... Im Ernst: Je länger ich in Neuseeland bin, desto mehr fällt mir auf, wie privilegiert die Deutschen sind.

Nehmen wir zum Beispiel das Thema Gesundheit. Ich weiß, die Krankenkassenbeiträge sind horrend. Medikamentenkauf ist ruinös. Hier in Neuseeland gibt es, ähnlich wie in Großbritannien, einen öffentlichen Gesundheitsdienst. Die Ärzte sind gut, Schwestern und Pfleger hervorragend ausgebildet. Niemand muss in eine Krankenkasse einzahlen.

Klingt märchenhaft? Nicht, wenn man

wirklich krank wird. Jeder – staatlich
schon subventionierte – Arztbesuch kostet
25 Dollar. Blutdruckmessen durch eine
Krankenschwester kostet um die zehn Dollar.
Medikamente müssen selbst voll bezahlt
werden. Daran ändern auch die (von den Kiwis
nicht übermäßig häufig genutzten) privaten
Krankenversicherungen nichts. Sollen die
nämlich auch solche „Lappalien" abdecken,
müsste man schon jede Woche im Wartezimmer
sitzen, um auf seine Kosten zu kommen.

Versicherungen lohnen sich „nur", wenn es
ernst wird: Weil das Gesundheitssystem ein
Vermögen kostet – im Jahr 2005 wurde jeder
der rund vier Millionen Einwohner mit rund
2200 Euro subventioniert –, wird es in den
Krankenhäusern eng.

Auf den chirurgischen Stationen gibt
es Wartelisten, die länger sind als für ein
neues BMW-Modell. Sicher, jeder wird
behandelt – irgendwann. Sogar Krebskranke
oder Herzpatienten kommen erst unters
Messer, wenn ihr Zustand sich verschlechtert.
Gleichbleibend schlimme Schmerzen, wenn sie
nicht bedrohlich werden, sind kein Grund für
eine Vorrangbehandlung.

Und: In Deutschland gibt es mehr Rechte
auf Privatsphäre im öffentlichen Leben. Hier
kann ich zwar frühmorgens Rasen mähen oder
nachts die Kreissäge anschalten, ohne dass

die Nachbarschaft die Polizei ruft, aber für Missetäter gibt es kein Pardon.

Ich kann einmal pro Woche in einem Anzeigenblatt lesen, wer vom Gericht welche Strafen für wiederholt zu schnelles Fahren bekommen hat oder für Trunkenheit am Lenkrad, oder, oder, oder. Namen, Altersangaben, Berufe und Wohnsitz, alles wird aufgelistet (ich habe übrigens noch kein Gesetz gebrochen und habe das auch nicht vor).

Aufgrund der „Name and Shame"-Politik kann ich zu meinem Bedauern berichten, dass ein Deutscher, dessen Namen ich verschweigen will, aus Frustration über die freilaufenden Hühner seines Nachbarn zum Hähnchen-Entführer geworden ist. Vermutlich lädt ihn nie wieder ein Tierbesitzer zum Tee ein ... Das jedenfalls kann in Deutschland nicht passieren. Also: Genießen Sie Ihre Freiheiten. Und bleiben Sie gesund.

ॐ 33 ॐ

KIWIS UND KIWIS

Wir sind angekommen, im echten Sinne. Die Zeiten, als wir als die Neuen, die Zugewanderten, die Deutschen galten, sind vorbei. Vor allem meine Tochter, mit ihrem neuseeländischen Akzent und Vorliebe für Meer, Tiere und Abenteuer, gilt als richtige Kiwi.

Das ist ein großes Kompliment, vor allem, wenn es von echten Kiwis kommt. Und die sind rarer als gedacht.

Meine Tochter geht seit neuestem zur Schule, Mittwochs, für einen halben Tag zum Eingewöhnen. Die eigentliche Einschulung ist individuell für jedes Kind am fünften Geburtstag. Was heißt, sie geht zur Schule, sie rennt.

„Mrs Clarkson, ich komme", ruft sie alle zehn Schritte, während ich mich bemühe, gleichauf zu bleiben.

Unsere Schule ist 150 Jahre alt, ein sehr respektables Alter in einem Land, in dem die angelsächsische Einwanderung in großem Stil erst vor rund 160 Jahren begonnen hat. Einhundert Kinder zwischen fünf und 13 Jahren sind auf fünf Klassenräume verteilt. Zehn dieser Kinder gelten offiziell als Maori (dafür genügen ein paar Vorfahren, selbst wenn der kaukasische Anteil mindestens gleich stark oder sogar stärker ist), 89 sind Pakeha, das Maori-Wort für Weiße mit britischer Abstammung, und ein Kind hat eine andere ethnische Zugehörigkeit, nämlich deutsch.

Aber auch Maori ist nicht gleich Maori. Meine Freundin Grace ist eine Ngai Tahu, mit der üblichen Beimischung von irischem, schottischem und englischem Blut. Sie und ihr Pakeha-Mann Jay haben einen Schafschur-Betrieb. Weil neuseeländische Scherer zusammen mit den Australiern als die besten der Welt gelten, sind sie im Ausland begehrt.

Bevor sie Kinder hatten, sind Grace und Jay zwei Jahre lang in Europa unterwegs gewesen. „Am besten war Italien", sagt Grace. „Obwohl mich alle Leute auf Italienisch angesprochen haben und ich kein Wort verstand."

Mit ihren glänzenden schwarzen Locken, den schokoladenbraunen Augen und dem olivfarbenen Teint sieht sie sehr mediterran aus, genau wie ihre jüngere Tochter, die starke Ähnlichkeit mit Jugendfotos von Sophia Loren aufweist.

Grace ist stolz auf ihre Abstammung. Ihre Urgroßmutter war eine Stammesprinzessin, und ihre Familie hat selbst zu den Zeiten, als die weißen Kolonialherren den Gebrauch von Maori als Sprache im offiziellen Alltag streng unterbunden hatten, ihrer eigenen Kultur die Treue gehalten. Die Sprache hat überlebt, wenn auch mühsam, und erlebt inzwischen eine neue Blüte.

Kindergartenerzieher und Schullehrer müssen ein paar Worte unterrichten, aber ohne Leute wie Grace, die ihren Stammbaum über ein Dutzend Generationen auswendig hersagen kann, mit den entsprechenden Anekdoten, würde ein Großteil der Geschichte in Vergessenheit geraten sein.

Was bekannt ist, sind die blutigen Ereignisse. Die Geschichte Neuseelands ist durchzogen von Stammesfehden, Massakern, Verrat,

Wortbrüchigkeit, begangen von Maori und vor allem Weißen.

Vor allem der Vertrag von Waitangi, bei dem die Kolonialherren die Gutgläubigkeit von Stammesfürsten, die dem Gouverneur vertrauten, ausgenutzt und die Maori um die meisten Rechte an ihrem Land gebracht haben, ist ein Problem. Zwar bemüht sich Neuseeland seit geraumer Zeit um Wiedergutmachung und hat den Maori-Stämmen Sonderrechte eingeräumt, aber die Vergehen der Vergangenheit werden für viele Leute damit nicht ausgelöscht.

Sogar Grace, die sonst so tolerant ist, wird wütend, wenn sie darüber spricht. „Wiedergutmachung? Dass ich nicht lache. Guck dich doch um, was von unserer Kultur übrig geblieben ist."

Tatsächlich steht es nicht zu besten um die Maori als Volk. Ihre Lebenserwartung ist niedriger, die Krebsraten sind höher, die Schulabschlüsse sind niedriger, und die Zahl der Maori in Gefängnissen ist vor allem im Norden prozentual deutlich höher als die der Pakeha.

„Was erwartest du, wenn ganze Generationen in Armut und Isolation getrieben wurden?" fragt Grace. „Eine Schande ist das."

Joanne, meine Freundin und Chefin bei der Zeitung, für die ich gelegentlich als Reporterin und Ersatzchefredakteurin arbeite, bestätigt das. Ngai Tahu, der größte Stamm hier in Canterbury, ist inzwischen wohlhabend. Die millionenschwere Entschädigung für Versäumnisse im Vertrag von Waitangi haben sie unter anderem in Immobilien angelegt.

„Jetzt ist die große Debatte, wieso sie so reich geworden sind und ob das alles mit rechten Dingen zugegangen sein kann. Vorher war die Debatte, ob man ihnen so viel Geld aushändigen kann, ohne dass sie es für Alkohol ausgeben. So oder so, sie können es dem Großteil der Bevölkerung nicht recht machen."

Sie lacht über mein erstauntes Gesicht. „Neuseeland ist ein fantastisches Land, aber Vorurteile und Rassismus gibt es hier auch, nur in kleinerem Maßstab. Obwohl wir im Normalfall den Unterlegenen lieben und immer auf David gegen Goliath setzen würden."

Kein Wunder, dass die Kiwis auf den flugunfähigen Vogel, dessen Namen sie für sich verwenden, so stolz sind.

Ich fahre mit meiner Tochter an diesem Nachmittag zum Willowbanks Wildlife Park. Seit wir ihn zwei Wochen nach unserer Ankunft entdeckt haben, kommen wir mindestens ein Mal im Monat her, füttern die Rehe, Kune-Kune-Schweine, Hasen und Meerschweine, bewundern die Strohhäuser im nachgebauten Pa (eine unbefestigte Siedlung) und versuchen unser Glück im Kiwi-Haus.

Kiwis und Kiwis

Da Kiwis nachtaktiv sind, ist es drinnen fast stockfinster, so dass die Augen sich erst daran gewöhnen müssen. Wir schleichen auf leisen Sohlen, um die Tiere nicht zu erschrecken.

„Da." Das Kind zupft an meinem Ärmel. Ich folge mit meinem Blick ihrem ausgestreckten Finger. Ein langer Schnabel stochert in einem Laubhaufen. Dann sehe ich den plumpen, braungefiederten Körper in dem schwachen Licht.

Plötzlich ruft der Kiwi zwei Mal. Zehn Meter weiter nimmt ein anderer Kiwi den Ruf auf. Ein dritter setzt ihn fort, um wieder zu verstummen. Sechs Kiwis zählen wir auf diese Weise. Es ist das erste Mal in zwei Jahren, dass wir die Vögel nicht nur gesehen, sondern auch gehört haben.

Hand in Hand gehen wir zum Ausgang, vorbei an den geschnitzten Vögeln, deren Spezies längst ausgestorben sind. Moas, Eulenarten, riesige Pinguine, gigantische Adler, sie alle haben ihre Spuren in diesem einzigartigen Land hinterlassen. Bei allen Kritikpunkten, ich bin dankbar, hier sein zu dürfen und akzeptiert zu werden, so wie ich bin, als Deutsche und als Einwanderin.

„Warum auch nicht?" sagt Grace am nächsten Tag, als ich ihr davon erzähle. „Hier bekommt jeder erst mal eine Chance, und nur wenn er dann das Vertrauen enttäuscht, muss er es sich mühsam neu verdienen." Sie zwinkert mir zu. „Das ist so unsere Art in Neuseeland, und so war es schon immer." Mit all seinen Schwachpunkten, dies ist wirklich das schönste Ende der Welt.

∞ 34 ∞

AUS DER SCHULE GEPLAUDERT

Jeden Morgen wird voller Begeisterung die Schuluniform aus rotem Polohemd und blauen Baumwollshorts angezogen, und mein Kind rennt oder rollert los, mit mir als Pausenbrotträger im Schlepptau. Am Schulzaun winkt sie mir zu, und dann ist sie von neun Uhr bis zehn Minuten vor drei verschwunden.

Schule soll Spaß machen und motivieren. Deshalb haben wir jeden zweiten Freitag eine Versammlung, in der im Schnitt zwei Dutzend Mütter und Väter auf Stufen in der Schulbücherei hocken, mit den Grundschülern von Klasse eins bis acht die Nationalhymne singen, Liedern und Aufsätzen zuhören und applaudieren, wenn zum Schluss Papierzertifikate als Auszeichnungen verteilt werden.

Dabei geht es zum Glück nicht immer

nur akademisch zu, so schmeichelhaft es
auch ist, das eigene Kind für Lernfortschritte
ausgezeichnet zu sehen. Aber das wäre
auf Dauer demotivierend für den Rest, der
langsamer lernt als die Spitzenschüler.

Liam, der ein paar Wochen älter ist
als mein Kind, wird stattdessen für seine
Hilfsbereitschaft öffentlich belobigt. Er hebt
heruntergefallenes Papier auf, rennt hinterher,
wenn jemand ein Buch hat liegen lassen und
fragt die Lehrern, ob er helfen kann. Jeden Tag!
Und mit einem hoffnungsvollen zahnlückigen
Lächeln.

Der Applaus ist fast ohrenbetäubend.
Für seine Mutter ist das ein fast so
stolzer Augenblick wie für Liam. Sie ist
alleinerziehend, mit drei Kindern, und als
Ältester ist der Fünfjährige bereits eine nicht zu
unterschätzende Stütze für sie.

Ein anderes Mädchen wird für ihr
ansteckendes Lachen ausgezeichnet – ein
besonderer Moment, weil sie Autistin ist.
Sie hat ihre eigene Lernassistentin, ist aber
voll in den Unterricht integriert, obwohl sie
nicht spricht. Ihr strahlendes Lächeln ist ihr
Hauptkommunikationsmittel, auch wenn es
gelegentlich von Schreien abgelöst wird. Dann
bringt ihre Assistentin sie ins Freie, bis sie sich
beruhigt hat.

Ihre Mitschüler haben sich schnell daran

gewöhnt, und meine Tochter gehört zu einer kleinen Gruppe, die sich mit um das Mädchen kümmert. Auch in den Pausen.

Neuseeland legt Wert auf Integration, wo immer möglich. Eine Freundin in England weint fast, als sie das hört. Sie ficht einen andauernden Kampf für ihren autistischen Sohn, damit er im normalen Schulsystem die Unterstützung bekommt, die er braucht.

Auch die Klassenstufen bei den Kiwis werden nicht so rigoros gehandhabt wie in Deutschland. Die Anfänger haben eine eigene Klasse, aber weil die erste Lehrerin meiner Tochter nach einem Vierteljahr an eine andere Schule geht und die nächste Lehrerin schwanger und Berufsanfängerin ist und deshalb noch nicht die gesamte Woche über arbeiten darf, ist für einige Kinder die Umgewöhnung schwierig.

Meine Tochter hingegen langweilt sich nach wenigen Monaten. Jeden Tag bekommen die Kinder erste Bücher zu lesen, deren Schwierigkeitsgrad in Zahlen ausgedrückt wird. Doch für meinen Nachwuchs und einen ihrer Freunde reicht das nach einem halben Jahr längst nicht mehr aus.

„In der nächsten Klasse wird es besser", sagt die Lehrerin beim Elternsprechtag.

In der nächsten Klasse. Das Schuljahr beginnt im Februar, nach den Sommerferien. Jetzt haben wir Juni.

Zum Glück kommt ein Kollege zu unserer Rettung. Er fragt, ob ich etwas dagegen hätte, wenn meine Tochter zu ihm versetzt wird. Er unterricht die zusammengesetzte zweite und dritte Klasse im Raum nebenan. Mein Kind ist glücklich, ich bin glücklich, und die alten Freundschaften bleiben weiter bestehen.

Wer zumindest in den Anfangsjahren Hilfe braucht, bekommt sie auch. Weil das Geld auch im Bildungssektor knapp ist, tun sich Schulen zusammen. Ein Mädchen bekommt Hilfe im Lesen in einer zehn Minuten entfernten Schule. Nach zwei Monaten hat sie den Anschluss wiedergefunden und bekommt dafür in der nächsten Versammlung ein Zertifikat. Auch untereinander wird geholfen, und die lesestarken Schüler helfen den schwächeren.

Die schmeichelhafteste Auszeichnung, die meine Tochter für nicht akademische Leistungen erhält, stammt von ihrer Lehrerin in der vierten Klasse. Gelobt wird darin ihr Sinn für Humor.

Leer geht auf Dauer bei diesen Versammlungen niemand aus, und die Kinder freuen sich auf den zweiten Freitag.

༄ 35 ༅

DIE ERDBEBEN KOMMEN

Der Schrecken kommt in den frühen Morgenstunden. Um 4.35 Uhr reißt uns ein dumpfes Stöhnen aus dem Schlaf. Das Bett schaukelt in alle vier Himmelsrichtungen gleichzeitig, wie ein elektronischer Rodeobulle. Ein dumpfes Stöhnen übertönt mein hämmerndes Herz. Ich kann nicht klar denken. Das Kinderzimmer ist zehn Schritte von mir entfernt.

Eigentlich sollte ich auf diese Situation vorbereitet sein. Erdbebendrill gehört zum Alltag. Aber statt unter dem Bett zu hocken oder mich in den Türrahmen zu stemmen, hole ich meine Tochter und verharre mit ihr im Bett, halb über ihr kauernd.

Das Erdbeben hält nach offiziellen Angaben 40 Sekunden an – 40 Sekunden, die sich über eine Ewigkeit erstrecken. Mit meiner Tochter im Arm schlafe ich schließlich wieder ein.

Das Telefon weckt mich um 7.30 Uhr. Ein Freund aus Deutschland, der durch seinen Online-Abodienst alarmiert worden ist, fragt: „Wie geht es dir? Bist du unverletzt?"

Ich blinzle aus dem Fenster. Der Himmel zeigt ein ungetrübtes Blau, die Vögel zwitschern, alles ist, wie es sein sollte.

„Alles in Ordnung", sage ich. „Ich bin nur müde." Die Panik der vergangenen Stunden verdränge ich kurzentschlossen. Warum auch nicht, die Erde ist wieder ruhig, meine Tochter schläft, die Katzen verlangen Frühstück – Normalzustand also.

Die einzige Konzession, die ich mache, ist ein Anruf bei der Ballettlehrerin, falls die wegen Schlafmangels den Unterricht für die Kinder absagen will. Keine Antwort.

Meine Hände zittern ein bisschen, als ich den Autoschlüssel umdrehe, aber das ist selbstverständlich auf Müdigkeit zurückzuführen.

Der Verkehr auf dem State Highway 1 ist für einen Sonnabendmorgen normal. Wir erzählen uns Geschichten, und ich atme ruhiger. Bis wir nach Kaiapoi abbiegen. Die 20.000 Einwohner zählende Stadt vor den Toren Christchurchs ist im Normalfall 15 Autominuten von mir entfernt. Aber nicht heute. Ein Rotkreuzler hält ein Schild hoch. Ich halte an und fahre das Fenster runter.

„Hallo, wohin wollen Sie?"

„In die Innenstadt." Ich deute auf meine Tochter. „Ballettunterricht, im Gemeindehaus."

„Hmm." Er reibt sein Kinn. „Unterwegs ist es ein bisschen holprig. Vorsichtig fahren!"

„Danke."

Langsam fahre ich weiter. Ein bisschen holprig? Von einem Meter zum nächsten sieht die Straße aus wie aufgeplatzt. Unregelmäßige Gräben durchziehen die Fahrbahn. Schweiß bildet sich auf meiner Stirn. Meine Tochter singt.

Knapp 200 Meter vor unserem Ziel hält ein Polizist Wache.

„Keine Durchfahrt", sagt er. Sein Gesicht ist grau unter der Sonnenbräune. „Sie müssen umkehren."

Das ist leichter gesagt als getan. Ich schaukele über Asphalttrümmer, auf der Suche nach einer Wendemöglichkeit. Je länger ich fahre, desto schlimmer wird es. Zwanzig Minuten suche ich, bis ich endlich zurück zur Hauptstraße komme.

Nie war ich so glücklich, zu Hause anzukommen. Ich rufe zunächst Tina an. Sie wohnt dichter am Epizentrum.

„Hier ist alles okay", sagt sie, mit der gleichen zitternden Entschlossenheit wie ich heute morgen. „Und bei euch?"

„Hier auch." Wir sind noch einmal davongekommen.

In den nächsten Tagen macht sich fast so etwas wie Euphorie breit. Sicher, es hat Schäden gegeben – etliche Tausend Einwohner von Kaiapoi werden geraume Zeit mit transportablen Chemie-Klos leben müssen, aber die Zahl der Verletzten ist gering, es hat keine Toten gegeben, und das bei einem Erdbeben der Stärke 7,1, also vergleichbar mit Haiti. Außerdem wussten wir schließlich alle, dass ein großes Erdbeben in Neuseeland längst überfällig war. Das haben wir hinter uns, und so schlimm war es nun wirklich nicht.

Nachts allerdings lässt bei vielen die Tapferkeit nach. Wein und Schlaftabletten helfen zahlreichen Leuten. Ich bin dazu zu feige. Was ist, wenn ich plötzlich aufstehen muss? Und losfahren?

Je mehr Zeit vergeht, desto mehr wird verdrängt. Als am zweiten Weihnachtsfeiertag ein großes Nachbeben kommt, sitze ich bei 28 Grad im Schatten mit Freunden auf der Terrasse und lasse es mir gutgehen. Das kurze Wackeln, das wir spüren, ist so zur Normalität geworden, dass wir es nicht ernstnehmen.

Warum auch? Es ist ja wieder nicht viel passiert. Christchurch scheint einen Schutzengel zu haben. Wir haben andere Fragen zu klären. Sieben Erwachsene und fünf Kinder, die im Schulpool auf der anderen Straßenseite schwimmen wollen – wer geht mit?

„Die Männer", entscheidet Mary, die Gastgeberin, und öffnet noch eine Flasche Wein. „Wenn wir wollen, können wir immer noch hinterher gehen."

Der Pool, für den wir alle einen Schlüssel bekommen konnen, ist im Sommer das Nervenzentrums unseres Ortes. Die Kinder schwimmen, die Eltern klönen, und alles steht zum Besten.

Bis zum 22. Februar 2011. Der Schock sitzt umso tiefer, weil wir uns gefeit gefühlt haben. Eine Erdbeben der Stärke 7,1 sollte ein Ereignis sein, das es nur eimal im Leben gibt. Das Beben, das uns jetzt um 12.51 Uhr mittags trifft, ist viel, viel schlimmer.

Ich sitze gerade beim Essen, Möhreneintopf mit Bockwurst, als mein Stuhl beiseite gechleudert wird. Ich krieche unter den Esstisch. Diesmal stöhnt die Erde nicht, sie brüllt wie ein verletzter Bulle. Statt zu schaukeln, bäumt der Boden sich auf. Ich kann nicht atmen.

Zitternd krieche ich nach zehn Minuten aus meinem Versteck. Zum Glück haben wir Strom. Ich schaffe es gerade, eine Email an meine Schwester zu schicken, dass wir noch leben, da kommt ein neuer Stoß.

Der Trupp Mütter, der kurzr nach dem

zweiten Beben vor der Schule steht, sieht aus wie die Fernsehbilder aus Katastrophengebieten. Die Augen sind es, die unsere Angst verraten. Diesmal können wir uns nicht mehr vormachen, nochmal davongekommen zu sein, auch ohne die Fernsehberichte, die die nächsten Wochen jede wache Minute begleiten.

Die Schule ist für die nächsten Tage geschlossen, aus Sicherheitsgründen. Die Kinder sind verängstigt. Am schlimmsten ist es für die höheren Klassen. Sie hat das Erdbeben am Strand erwischt, beim Lehrgang im sicheren Umgang mit dem Meer.

„Plötzlich war ein Riesenloch im Wasser, und das Meer wollte uns verschlingen", sagt Marys neunjährige Tochter. Tränen rollen aus ihren Augen.

Mary verzieht ihren Mund zu einer Art Lächeln. „Es wird alles gut."

„Es wird alles gut", bleibt unser Mantra für lange Zeit, sobald wir in Hörweite der Kinder sind. Verzweifelt bemühen wir uns um ein bisschen Normalität, während im Fernsehen Reporter vor den Trümmern der Kathedrale stehen, das Canterbury TV-Gebäude in dauernden Wiederholungen wie eine gespenstische Erinnerung an den 11. September 2001 in einer Staubwolke in den Erdboden sinkt und die ersten Toten geborgen werden.

Das schlimmste ist das Nichtwissen. Die

ersten Fälle werden bereits bekannt, wo
Verschüttete mit ihren Mobiltelefonen Kontakt
zur Außenwelt herstellen konnten. Freunde
oder Familie anzurufen ist ausgeschlossen.
Batterieladungen sind zu kostbar. Etliche
Stadtviertel sind ohne Strom, das Internet
funktioniert nur sporadisch – wer hat überlebt,
wer ist verletzt, wer wird vermisst?

Meine Schwester ruft abends an, nach
stundenlangen Bemühungen um eine
Verbindung.

„Hast du meine Email nicht bekommen?"
frage ich.

Doch, aber es waren so viele Beben, und
so viele Schreckensbilder. „Ich habe sogar die
Botschaft angerufen, weil eure Leitung tot
war, und die konnten nur sagen, dass sie von
Hunderten noch nicht wissen, wo sie sind und
ob sie betroffen waren."

Ich weiß. Ich habe meine persönliche
Vermisstenliste, wie wir alle. Angeblich ist die
ganze Menschheit um sechs Ecken verwandt
oder miteinander bekannt. In Neuseeland sind
es zwei Ecken. Der Teenager, dessen Leiche
nach acht Tagen ausgegraben wird, ist mit dem
Sohn von Freunden zur Schule gegangen. Ein
anderer war der Bäcker, bei dem wir Kuchen für
eine Feier gekauft haben.

Jeder Verlust betrifft uns alle.

Tina meldet sich. Sie lebt. Ihr Haus am

Flussufer ist zur Hälfte eingesunken, aber bewohnbar. Noch allerdings, wo fast stündlich ein Nachbeben kommt, ist die Angst zu groß. Sie campiert mit Hund und den Söhnen im Garten.

„Komm her", sage ich. „Wir schaffen Platz. Unser Haus steht so gut wie unbeschädigt."

Sie schnieft. „Ich kann nicht", sagt sie. „Weißt du, wieviele Einbrecher unterwegs sind?"

Die Zahl ist nicht wirklich groß, aber für eine Region, deren Bewohner körperlich und seelisch verwundet sind, ist jeder Einbruch, jeder Diebstahl ein weiterer Dolchstoß. Der schlimmste Fall war der Einbruch in ein Haus, dessen Bewohner bei der Beerdigung der Ehefrau und Mutter waren. Drei Tage hatten sie vor den Trümmern von Canterbury TV gewartet und auf ein Wunder gehofft. Statt dessen blieben ihnen nur Erinnerungen. Fotos, Schmuck – die Einbrecher ließen fast nichts zurück.

Unsere Schule wird nach drei Tage und einer gründlichen Inspektion wieder geöffnet. Meine Tochter ist froh, endlich ihre Freunde wieder zu sehen. Außerdem kann ihr ja nichts passieren, weil sie mich hat, und eine Lehrerin, der sie vertraut.

Unsere Lebensmittel werden knapp. Mit unendlicher Vorsicht navigiere ich mein Auto

Die Erdbeben kommen

nach Rangiora, nordwestlich von Christchurch.

Die Stadt selbst ist zum Großteil noch abgeschnitten. Der rote Sperrbezirk umfasst fast alle Wahrzeichen. Kathedrale, Museen, den botanischen Garten – und das höchste Gebäude von Christchurch. Das Hotel Grand Chancellor mit seinen 27 Stockwerken ist zum schiefenTurm geworden, der bei einem Fall im Dominoeffekt ein Dutzend weitere Gebäude zerstören würde. Im fünften Stock haben wir unsere ersten Nächte in Neuseeland verbracht.

Der Supermarkt in Rangiora ist voll mit hohläugigen Menschen. Vor vielen Regalen hängen Schilder. Bitte nur eine Packung Toilettepapier nehmen. Bitte nur zwei Pakete Toast, zwei Flaschen Wasser ...

Fast alle halten sich daran. Hamsterkäufer sind die Ausnahme, und die schieben ihre Wagen mit starr geradeaus gerichtetem Blick und vorgeschobenem Kinn zur Kasse.

Zucker ist ausverkauft, genau wie Mehl. Es gibt fast kein Bier mehr. Ich nehme Katzenfutter für zehn Tage, Wasser, Milch, Eier und meine zwei Pakete Toast. Und Dosentomaten. Keiner weiß, wann die Supermärkte wieder gefüllt werden. Die Beben haben die Zentrallager zerstört, und LKW aus dem Norden kommen nicht überall hin durch.

Im Elektronikladen kaufe ich ein neues Mobiltelefon. Ein halbes Dutzend sind noch da.

Bisher war es mir gleichgültig, dass meins alt und durch eine hakende Null fast unbrauchbar war – unser Haus steckt eh in einem Funkloch –, aber jetzt lässt mich der Gedanke, abgeschnitten zu sein, in Angstschweiß ausbrechen.

Nach und nach wird meine Vermisstenliste kleiner. Die Beben lassen etwas nach, und die Zahl der Todesopfer ist bei 185 stehengeblieben, weniger als erwartet.

Aus aller Welt kommen Sympathiebekundungen und Spenden. Meine Tochter und ihre Freundin Marina verkaufen vor unserem Zaun Pfirsiche aus unserem Garten. Die Hälfte des Geldes soll an den Erdbebenhilfsfonds gehen. Drei Stunden sitzen sie da, bis der Baum fast leer und die Kasse voll ist. Fast 40 Dollar haben sie eingenommen.

Unschlüssig gucken sie auf die Münztürme.

„Eigentlich könnten wir alles spenden, oder?" fragt mein Kind.

„Klar", sagt Marina. „Komm, lass uns Roller fahren." Für sie ist die Welt fast wieder in Ordnung.

Bis der „Moon Man" kommt, mit seinen Prophezeiungen von noch größeren Erdbeben, die unsere ganze Region in den Untergang stürzen werden.

„Moon Man", der Mondmann, sagt üblicherweise Schnee und andere relativ

seltene Ereignisse voraus, die von der
Presse gern gedruckt werden. Diesmal
jedoch löst er statt eines Schmunzelns eine
Weltuntergangsstimmung aus.

Eine diabetische Mutter diskutiert mit
ihrer Nachbarin, wo sie am besten ihr Insulin
vergräbt. Eine Packung hat sie schon im Auto.
Eine andere Nachbarin flüchtet mit ihren
Kindern gen Nordern und riskiert ihren Job.

Bei mir klopfen nachmittags ein paar
Schulkinder an. Sie haben Angst und wollen
von mir wissen, ob ich auch flüchten würde?
Ihre Eltern sind zu durcheinander, um sie zu
beruhigen, und überhaupt, wer glaubt schon
Vater und Mutter, wenn alle Freunde sagen, dass
„Moon Man" bisher noch immer recht hatte?
Aber ich als Journalistin muss es doch wissen ...

Ich hoffe, sie glauben mir, dass er sich irrt.

Der ganze Alltag ist schwierig geworden.
Fast alle Schwimmbäder sind geschlossen,
die Museen sind geschlossen, Fahrten in die
Stadt sind nicht nur schwierig, sondern auch
emotional belastend. Zäune sind mit Blumen
und Notizen geschmückt, als Erinnerung an die
Toten. Neben einer Reihe normal aussehender
Häuser steht plötzlich eines, das in sich verdreht
ist wie eine knicksende Ballerina.

Bei einem anderen klafft ein Loch im Dach,
das aussieht wie von einer Riesenfaust gemacht.
Christchurch ist zum potemkinschen Dorf

geworden, wo hinter attraktiven Fassaden Leere gähnt.

Ich breche während der Fahrt in Tränen aus.

Tina schläft im Wohnzimmer, mit offenen Terrassentüren. Man weiß ja nie ...

Alles, was wir machen, erfährt eine neue Dringlichkeit. Aufschieben gilt nicht mehr, weil es dann zu spät sein könnte.

Eine Freundin ist im Kaufrausch. Kleider, Make-Up und Schuhe, Schuhe, Schuhe helfen ihr, die Angst im Nacken zu unterdrücken. Abends schluckt sie Beruhigungstabletten.

Kate hat schließlich genug. Sie räumt ihre Garage aus für eine Party, bei der niemand das Wort Erdbeben erwähnen darf – auch nicht ihre Kollegin, die zwei Nächte bei Kate verbringt.

Was die Kollegin erwähnen darf, ist die Tatsache, wie gut es uns allen geht. Ihre Dusche bei Kate ist die erste richtige, die sie seit dem 22. Februar hatte. Ansonsten steht sie mit einer Reihe Nachbarn Schlange, um eine Notdusche zu nehmen. Zum Glück arbeitet sie auf dem Flughafen, wo sie sich im Waschraum waschen kann.

Die Party ist die beste, die wir je hatten. Die Kinder essen Kuchen und Pizza, und die Erwachsenen essen und tanzen bis in den Morgen. Wir sind nochmal davongekommen.

36

ABSCHIED VOM LAND DER GROSSEN WEISSEN WOLKE

Jeder Schritt auf dem Weg zum Flughafen ist von Wehmut und Aufregung geprägt. Wie so viele Einwanderer geht es für uns zumindest auf Zeit zurück nach Europa. Schuld sind nicht die Erdbeben, sondern die Entfernung. Andere Freunde stehen ebenfalls vor der Entscheidung, wieder näher an alternden Eltern zu sein oder am Telefon hilflos dazusitzen und von Herzinfarkten und Schlaganfällen zu hören.

Der Weg ist zu weit, um mal eben auf ein paar Tage in Hamburg vorbeizuschauen, und die Flugkosten sind auch zu hoch.

Mit Wintermänteln über dem Arm sitzen wir im Hochsommer auf dem Flughafen. Acht Jahre lang war diese Insel unsere Heimat. Mein Kind und ich haben neuseeländische Pässe,

und die Einbürgerungszeremonie im Rathaus
von Auckland gehört zu den bewegendsten
Momenten meines Lebens.

Unser Flug wird aufgerufen, aber wir wissen
schon jetzt, es ist nur ein Abschied auf Zeit.

Viele Kiwis verlassen das Land für ein paar
Jahre oder gar Jahrzehnte, doch fast alle kehren
zurück ins Land der großen weißen Wolke.

P.S. Das ist ein paar Jahre her. Das Mädchen,
für das wir damals Geld gesammelt haen,
ist inzwischen kerngesund. Und ich habe
neulich eine Nachricht von einer Freundin
bekommen, dass unser Haus wieder auf dem
Markt ist, und ob wir nicht endlich nach Hause
kommen wollen ... Doch bis dahin bleiben
uns Erinnerungen, die wir auch in der Küche
wachhalten.

ೂ 37 ೞ

SÜSSE REZEPTE AUS DEM KIWI-LAND

Bananenkuchen (Bananenbrot)

Wer auf sich hält, der bäckt. In Anbetracht der vielen Chemiebomben im Supermarkt ist das eine Tradition, die nicht nur in meiner Nachbarschaft überall gepflegt wird.

Beim ersten Besuch bei Tina machte sie mal so eben einen leckeren Kuchen, der ideal ist, um überreife Bananen zu verbrauchen. In unserem Haus gehört er längst zum Standardrepertoire. Zum Mixen reicht ein Holzlöffel, falls die Kinder backen möchten.

Zutaten:
Drei kleine sehr reife Bananen
120 Gramm weiche Butter
110 Gramm brauner Zucker
Zwei mittelgroße Eier
250 Gramm Mehl
Ein Teelöffel Backpulver
Eine Prise Salz
Ein Teelöffel Vanilleextrakt

Backofen auf 175 Grad vorheizen. Eine kleine Kastenkuchenform einfetten und leicht mit Mehl bestäuben. Die Bananen pürieren (eine Gabel sollte zum Zerdrücken genügen).

Die weiche Butter mit dem Zucker schaumig rühren. Die Eier einzeln gut unterrühren. Mehl mit Backpulver, Salz und Vanille mischen und unterrühren. Zum Schluss kommt das Bananenpüree dazu. Gut vermengen und in der Kastenform 50 bis 55 Minuten lang backen.

Pfefferminzschnitten

Ein weiterer Kiwi-Klassiker sind backfreie Pfefferminzschnitten. Mein Rezept stammt von einer Freundin, die inzwischen vorübergehend zurück in England ist und mit dem minzigen Kuchen ihr Heimweh stillt.

Zutaten:
250 Gramm Butterkekse
65 Gramm Kokosflocken
200 Gramm Puderzucker
125 Gramm weiche Butter
200 Gramm dunkle Schokolade
Zwei Esslöffel Kakaopulver
Eineinhalb Teelöffel Pfefferminzessenz
Ein paar Tropfen grüne Lebensmittelfarbe

Die Kekse mit einem Nudelholz zu groben Krümeln zerkleinern und die Kokosflocken sowie das Kakaopulver untermischen. 125 Gramm Butter über kleiner Flamme schmelzen, zur Keksmischung geben und gut vermischen. Als Boden in eine mit Backpapier ausgelegte Kuchenform pressen und im Kühlschrank fest werden lassen.

Die restliche Butter und den Puderzucker mischen, bis das Ergebnis leicht und locker ist. Pfefferminzessenz und Lebensmittelfarbe hinzufügen. Die Mixtur auf dem Keksboden verteilen und erneut im Kühlschrank fest werden lassen.

Die Schokolade schmelzen, über die Pfefferminzschicht geben und alles im Kühlschrank hart werden lassen. In kleine Stücke schneiden.

Pikelets

Mini-Pfannkuchen namens Pikelets sind blitzschnell für den Afternoon Tea oder auch fürs Sonntagsfrühstück zubereitet. Verzehrt werden sie entweder pur oder mit Ahornsirup, Bananenscheiben oder Beerenfrüchten, oder deftig mit Bacon. Da das Rezept kinderleicht ist, kommen Pikelets bei uns häufig auf den Tisch.

Zutaten:
130 Gramm Mehl
Zwei Esslöffel Zucker
Ein Ei
175 Milliliter Milch plus ein Esslöffel voll Milch
Ein Teelöffel Weinstein
Ein halber Teelöffel Backpulver aus Natriumbicarbonat

Mehl und Zucker in einer Schüssel vermischen und eine Höhle in die Mitte machen. Geschlagenes Ei und die 175 Milliliter Milch in die Höhle geben und von innen nach außen mit den trockenen Zutaten vermischen.

In einer kleinen Schüssel den Esslöffel Milch mit Weinstein und Backpulver verrühren. Die Mixtur fängt schnell an zu schäumen und wird dann mit dem Teig verrührt.

Bratpfanne fetten und bei mäßiger Hitze jeweils einen Essläffel voll Teig in die Pfanne geben. Der Teig breitet sich aus, aber je nach Pfanne sollten vier bis sechs Stück mühelos auf einmal zubereitet werden können. Sobald der Teig Blasen wirft, werden die Pikelets gewendet und auf der anderen Seite für 30 bis 40 Sekunden gebacken.

Anzac-Biscuits

Anzac-Biscuits sind eines der traditionsreichsten neuseeländischen Gebäcke. Erfunden worden sollen sie im Ersten Weltkrieg sein, als die Frauen in Neuseeland und Australien ihren als Anzac-Truppen bekannten Männern an der Front Kekse schicken wollten. Ob die eierlose Herstellung nur mit der längeren Haltbarkeit oder mit Mangel an Eiern zu tun hatte, ist ungeklärt. Fest steht, dass diese Kekse noch heute überall Down Under gegessen werden.

Zutaten:
130 Gramm Haferflocken
130 Gramm Mehl
130 Gramm feine Kokosraspel
130 Gramm brauner Zucker
Zwei Esslöffel Sirup
125 Gramm Butter
Zwei Esslöffel kochendheißes Wasser
Ein halber Teelöffel Backpulver aus Natriumbicarbonat

Ofen auf 160 Gramm vorheizen und Backblech mit Papier auslegen. Haferflocken, Mehl, Kokosraspel und Zucker in einer Schüssel mischen. Sirup, Butter und heißes Wasser in einen Topf füllen und über kleiner Flamme die Butter schmelzen lassen. Backpulver hinzufügen, gut vermischen und unter die trockenen Zutaten rühren.

Zu kleinen Bällen formen und mit genügend Platz zum Aufgehen aufs Blech legen. Die Bällchen leicht mit einer Gabel flach drücken. 15 bis 18 Minuten lang backen und dann 15 Minuten lang auf dem Blech abkühlen lassen.

Pavlova

Das berühmteste Dessert Neuseelands ist die Pavlova. Allerdings behaupten auch die Australier von sich, die Pavlova erfunden zu haben. Da die Debatten hitzig werden können, empfiehlt es sich, absolut neutral zu bleiben und sich notfalls davonzustehlen. So tolerant Kiwis und Aussies normalerweise sind, bei der Pavlova hört für sie der Spaß auf. Das im Handumdrehen nachgemachte Rezept ist allerdings nur etwas für echte Süßschnäbel.

Zutaten:
Fertig gekaufter Baiserboden (selbst gemacht wird er in Neuseeland selten)
Ein halber Liter Sahne
Kiwifrüchte oder Erdbeeren in Scheiben

Der Baiserboden wird großzügig mit Sahne bestrichen und je nach Geschmack mit Früchten verziert. Da Baiser zum Großteil aus Eiweiß und Zucker besteht, ist das Ergebnis extrem süß.

LESEPROBE

Auszüge aus den historischen Krimis der Autorin

THE CASE OF THE MISSING BRIDE

By Carmen Radtke

Chapter One

Alyssa Chalmers shifted her weight from one foot to the other. How long could it take to read out twenty-two names, match them each to a face, and tick them off a list? She watched Matron McKenzie's slow progress. If she kept on at this pace they might be here by nightfall.

Black sateen rustled as matron came nearer. 'Louisa Jane Sinclair?' A sparrow of a girl curtsied, brows nearly disappearing into her fair bangs as her eyes grew wide. *She shouldn't be here*, Alyssa thought with a pang, *she is only a child.*

'Where is your box? Nothing missing from the items on your list?' Louisa-Jane's eyes widened further, her pupils, dark disks in the paleness that was her face. She bent down to rummage in the patched cardboard case she carried instead of the regulation wooden box. 'Yes, Ma'am,' she mumbled. Matron made a note on her list before she called out the next name. 'Emma Sayce?'

By the time the pen scratched over the paper for the last time, the train station lay deserted, its outlines barely visible in the gaslights that illuminated Port Phillip.

Matron clapped her plump hands to get everyone's attention. 'Now listen, girls. No dawdling or gossiping on the way. We shall proceed speedily and as quietly as mice. I'll be in front, and dear Father Pollock will bring up the rear until he sees us safely off.'

The girls obeyed, trudging in silence towards a new life.

The air smelt of salt, dead seaweed and sadness, Alyssa thought, with the gulls screeching like banshees in the all-enveloping darkness. The sea, so full of promise for a better life and a fresh start by daylight, was nothing but a miserable graveyard at night. She shivered. She must be coming down with something. Otherwise there was no explaining this feeling of doom in someone as sensible as she was.

The girls marched on until matron came to an abrupt halt. 'Ouch,' a girl cried out. 'Can't you watch what you're doing, you stupid cow?'

Matron turned around to confront the speaker. 'Be quiet,' she hissed. 'And watch your words, girl. I'll have none of that language, thank you very much – Nellie, isn't it?'

'What on earth is going on?' a weary voice asked.

'Nothing, Father,' matron said. 'It seems we have arrived. There's a man waving a lantern over there. Can you make out the name of the ship next to the small barge?'

Father Pollock peered through his spectacles. 'I can't be sure, but it does seem to be made up of two words. Surely you can read it? You're much closer to it than I am.'

Alyssa suppressed a smile. Matron's eyesight must be less keen than she might care to admit. The name *Artemis' Delight* was written in large enough letters to be deciphered, with the gaslights casting their glow onto the ship's massive brown hull. The masts creaked with every movement, as if straining under the weight of the sails. A funnel drew Alyssa's eye. It looked out of place, as if a child had drawn a chimney onto an already finished picture. How very apt that the *Artemis' Delight*, like the girls, was a mixture of the past, with its sails, and the future in the shape of steam power.

'Stay here while I talk to the man,' matron said after a moment's hesitation. 'If you could give us your blessing now, Father, we shall not detain you any longer.' He obliged and gave them all a fond smile before he vanished into the darkness.

Matron lifted her skirt, although it already fell two inches short of the ground. From her wrist dangled a black reticule, containing the list of names and other papers.

Alyssa wished she could see the man's face as this vision of elegance approached him.

The man signalled them with the lantern to come closer. One by one, the girls trudged up the gangway. Wooden soles clanked on the uneven boards. *Like hooves*, Alyssa thought. *That's what we are. Cattle, going to the highest bidder*. She forced herself to move on, her shoulders tense with the sensation of being watched every inch of her way. She shook herself mentally. She must not let her imagination run loose.

~ ~ ~

The man smiled as he observed the last girl enter the gangway. He felt an unexpected warmth towards them, as they so willingly travelled towards their new lives, which would bring him much fortune. He'd drink to that, he promised himself as he melted, unseen into the darkness.

~ ~ ~

The girls' procession ended in a large room below deck. Four benches surrounded a long table laden with food. The girls stared at it with a mixture of awe and greed.

'May we sit down, please, Matron?' a gentle voice asked. Alyssa half-turned to look at the speaker. Emma, she thought, satisfied that she remembered her name from the roll call.

'Yeah, please?' added another girl.

'Very well,' matron said. 'I shall sit at the head of the table.' She sniffed, as if something was tickling her nostrils as she went around to her seat. As the first girls joined her at a respectful distance, she opened her reticule and fumbled inside. 'Now where …?' She put the reticule down, a look of dismay on her face as she glanced around.

Her gaze fell on Alyssa, as one of the last girls still not seated. She beckoned her over. 'Yes, Matron?' Alyssa asked as she avoided looking at the tempting food.

'It's Alyssa, isn't it? I need you to retrace your steps for a moment, I must have dropped my handkerchief somewhere in the passage.

I remember using it after we came up the gangway.' She peered at Alyssa. 'I trust you to be back within a few minutes.'

'Yes, Matron.'

Alyssa rushed off on her errand. Above her head, heavy footfall made the planks groan. A single lantern dangled from the wall, casting the narrow passage into a gloom. She stared at the floor, hoping for the handkerchief to give its presence away. It was too dark to stumble around for long, and the strange noises from above were unnerving.

She climbed up the stairs as quietly as she could, when a male voice from above made her halt. 'How long have we been in the seafaring business together, Mr Kendrick?'

'Since May 1857, Sir. Going on five years now.'

'I tell you, this cargo is going to be a world of trouble. Give me cattle, or sheep, or a hold full of iron ore.' A heavy sigh. 'But no, we had to be landed with this. Why me? Why the *Artemis' Delight*, of all the ships in Christendom?'

Alyssa flattened herself against the wall, eavesdropping shamelessly. The other man replied, 'Well, Captain Moore, you're the best sailor I've had the honour to serve under. Our owners know that no one runs a tighter ship. If anyone can handle this cargo, it's you.'

'That may be, but I maintain we're headed for a storm. I can feel it in my bones. Forcing me to go into the petticoat business!'

A thump, like a fist hitting a wall, made Alyssa start. She jerked her head to the left. A glimpse of white caught her eye. Matron's handkerchief.

She heard the captain continue, 'It's time for you to go down and keep an eye on our cargo. Make sure they stay well-hidden while I make sure that our fancy Dr Mark Bryson joins you for a quick look. I will not have them pestered by any man.'

'Aye, Sir.' Heels drummed on the planks.

Alyssa snatched the handkerchief off the ground and hastened back to her companions.

She dropped a small curtsey as she handed matron the retrieved item, glancing around for a space on a bench, but she couldn't see a gap. She squeezed in at one end, next to a lantern-jawed, mutinous looking girl, who glared at the still empty plates in front of them.

'I've had it with waiting,' the girl said. She tossed her head and snatched a hunk of bread.

'Stop that.' Matron narrowed her eyes as she looked at the offender. 'You again, Nellie? You'd better learn to mind your manners, my girl.'

The girl scowled. 'But I'm hungry, and there's loads and loads of bread.'

'We haven't had nothing since breakfast,' another girl chimed in.

'My goodness, that won't do at all.' A pleasant looking man in his early thirties entered the room. 'We can't have you starving before we've even set sail, can we?'

Alyssa felt her empty stomach lurch as she recognised the voice. She gave him a quick glance from under her lowered lashes. Her companions felt less restraint. Half of them gaped at him with open curiosity.

Matron smoothed her dress as she took in the well-made figure in the spotless uniform and his regular features framed by black hair. 'If you are sure, Sir?'

'Absolutely.' He treated the girls to another smile that made the corners of his eyes crinkle. 'You must be Matron McKenzie. My name is Kendrick, and Captain Moore sent me to welcome you on board. I'm the first officer. Still to come is our surgeon, Dr Bryson.'

Matron inclined her head. 'We're delighted to meet you, Sir.'

'Can we have our grub now?' Nellie snatched another piece of bread.

'Certainly,' Kendrick said. 'There's bread, butter, honey and water, and our cook also has some cold meat and fruit ready for you. But now, you'll have to excuse me.'

Without a single moment's hesitation, matron

and the girls helped themselves to as much meat and bread as they could reach, while Alyssa still wondered how she could gain access to the rapidly dwindling rations. But at least she could help herself to the water jug.

She filled a tin cup and drained it in one go. She could hardly remember when she'd ever been this hungry and thirsty. 'Could you please pass me some bread?' she asked Nellie.

The girl her ignored her while she tore out a chunk of bread with her teeth.

Alyssa cleared her throat. 'Could someone please pass me the bread?'

'Get it yourself. You got hands, don't you? Or are you too fancy for that?'

'That is quite enough, Nellie.' Matron put down her slice of bread to point the butter knife at the girl. 'I'll have no more lip from you. How you ever came to receive a good character reference from anyone is beyond me.'

Alyssa felt waves of dislike rolling towards herself as Nellie shot her a dark look.

She swallowed her pride. 'Please, Matron, Nellie does have a point. I didn't mean for anybody to wait on me. I only asked because I didn't want to disturb anyone by reaching across the table.' She put on what she hoped would be a disarming smile.

Matron nodded graciously. 'We'll let it go for now, girls. We're all tired and excited.'

Alyssa's eyes beseeched Nellie to leave it at that. 'Sorry,' she mouthed. The girl shrugged and crammed a wedge of cheese into her mouth.

Alyssa's stomach rumbled. There was another loaf of bread on the other side of the table. She swung her legs around to get up and help herself to food without drawing more attention to herself.

'Here, take this.' A plate with a slice of buttered bread and a cut up apple was pushed into her hand. A blonde, clean-shaven man in his early thirties, who might have been handsome if not for the faint air of superiority and boredom, stood in front of her.

'Thank you, but there was no need for that, Sir,' she said. 'I can take care of myself.'

The man raised his eyebrows in a blasé manner and strolled over to matron. Alyssa made a deliberate effort to concentrate on her dinner.

'That must be the doctor,' a girl said. She was barely more than a child, with shoulder blades jutting out through her thin dress. 'He's ever so nice looking, don't you think?'

'Don't listen to Nancy,' another girl said. 'She thinks every man who still has teeth left *is ever so nice looking*.'

Nancy blushed as the girls giggled. Alyssa risked a sideward glance at the doctor. How mortifying should he have heard. But he and matron seemed engrossed in a chat.

'Already looking for a man, Nance?' The sharp-faced girl who'd started the teasing fluttered her lashes and pursed her lips. 'Oooh, you're ever so strong and handsome, Mister.'

Nancy's lips trembled. 'That's enough,' Alyssa said. 'You've had your fun.' She must have spoken louder than intended, because the doctor interrupted his talk with matron.

Matron clapped twice. 'Hush now,' she said. 'You have three cabins to share, which is more than enough space to accommodate you all. We'll now be shown to our quarters and tomorrow you'll receive a medical examination, which is nothing to worry about, I promise. Afterwards I'll select three girls who will act as my helpers and take on responsibility for their roommates.' She raised her right hand to quell any chatter. 'I'll attend every examination, of course, and Dr Bryson will behave with the utmost decorum, as will all of you. Doctor?'

He gave them all a quick smile that stopped short of his eyes. 'There's one more thing I'd like to mention,' he said. 'Whenever any of you feels unwell and wishes to consult me, always go to see Matron McKenzie first. We must, at all times, observe propriety.'

How Alyssa hated that word. If not for the idiotic rules of society, she'd be free to go where she pleased and do what she wanted. The doctor had it easy. He wasn't forced to knuckle under to matron's authority as their guardian, or to lie to secure passage on a boat. Frown lines wrinkled her forehead. She smoothed them away. Smile, she told herself, smile and soon I'll be free.

~ ~ ~

'That went well,' Kendrick said as Doctor Mark Bryson joined him in the passage that had been created by nailing together thin planks of wood.

'You think so? I understand why your captain is belly-aching over this lot. Some of them eyed me almost predatorily. I'll have to think of something to put a stop to that.'

'They all seemed very nice to me.'

'So, you'd let them loose on your captain?' Kendrick fell silent.

'I thought so,' Mark said. 'But quiet, here they come.'

~ ~ ~

The cabins in the between-deck were allocated by alphabet. Alyssa found herself in a square space barely large enough to accommodate the four rows of double bunk beds that lined the walls. A faint smell of animals clung to the floorboards, reminiscent of the previous inhabitants of this converted space. A rug made of sacking covered scrubbed planks.

'Hey, that's not half bad.' Nancy let herself fall onto the lower bunk. She gave it a tentative jiggle. 'Crikey, there's a pillow. That's what I call travelling in style.'

Her head popped out. 'You don't mind if I take the lower one, do you? Only you're much taller than me, and I'm no good at climbing.'

'Certainly.' Alyssa pulled herself up onto the stepladder that lead to her bunk. A mattress stuffed with straw, judging by its prickly feel, and a woollen blanket made up the bed. She wondered what Nancy's life must have been like if anything this basic put her into rapture. At least someone had rigged up curtains to provide them with some privacy.

'It smells like home.' Another head popped up. 'I'm Hannah Beale. Call me Hannah there's no need to stand on ceremony, is there?'

Alyssa smiled. 'You're right. My name is Alyssa Chalmers, and I'm afraid I don't know Nancy's last name.'

'Alcock it is. Only don't expect me to ever sound as grand as our Alyssa here does.'

Alyssa felt blood rush into her cheeks. 'I don't intend to. Sound grand, I mean.'

'I think it sounds nice,' Hannah said. 'Maybe you can teach us all how to talk like proper ladies? Help us pass the time.' Her brown eyes twinkled. 'And then we can all put that blasted Rosie in her place when she plagues Nancy again. Honestly, that girl's tongue is as prickly as her name. Her mama knew what she was doing, calling her that.'

'You know her?'

'Yeah. Most of us lived in Tin Pan Alley or were at the orphanage together for a bit.'

'At least you're with your friends then.' Alyssa felt a prick of loneliness.

Hannah got out of her bunk and put a hand on Alyssa's shoulder. 'Don't worry, we'll take care of you. Fancy or not, you're one of us now, aren't you?'

The warmth of Hannah's skin seeped through the fabric of Alyssa's dress. It felt good, as if some connection was created between her and this dark-haired girl with her impish face and eyes full of laughter. 'Thank you,' she said. 'I'd appreciate that.'

'Cut it out. Only some of us would like to sleep,' a heavy-set girl scowled at them.

Alyssa frowned. 'But what about our luggage? It's still in the dining room.'

'Gosh, aren't we grand? Dining room, my foot. As for your box, suit yourself. But you'd better sleep on it, because there ain't hardly room enough for all of that stuff.'

The girl turned around to face the wall. Alyssa could see that she was still wearing her skirt and blouse. She stiffened. Surely, they wouldn't be expected to sleep fully dressed?

She looked around in search of a solution to that problem. 'I'd better go and see Mrs McKenzie about that,' she said when no idea was forthcoming.

'Suit yourself,' the girl in the bunk said.

'That's Milly,' Hannah whispered. 'She isn't usually this grumpy so you pay her no heed. It's probably her nerves telling.'

Alyssa nodded, grateful to have someone to steer her through this unknown territory made up of girls she had nothing in common with. It made her feel less alone and vulnerable.

She took a paraffin filled lantern from the hook on the wall. The anchored ship rolled gently from side to side. She'd soon get used to the movement, she thought, as she steadied herself with one hand against the wall to tiptoe back to the big room, hoping to find some clue to matron's whereabouts along the way.

Another lamp dimly lit the passage. The floorboards groaned under her steps, echoing loudly in her ears. She got up on her tiptoes, but for one split second the echo rang out as loud as before, and she thought she heard faint breathing behind her. Alyssa stopped and strained her ears. Nothing. She must have been mistaken.

She crept on until she came to the mess. She

opened the door, describing a slow circle with the lantern. No matron.

'What on earth are you doing here?' a familiar voice rang out from behind her.

She nearly dropped the lantern. So, she had heard someone after all. 'I'm looking for Mrs McKenzie, Doctor.'

'Already?' He raised his own light and motioned Alyssa to follow him. 'You don't seem poorly, but by all means let's get matron and have a good look at you.'

She pulled her shawl closer to her throat. 'I'm perfectly well, thank you, Doctor. All I intend to do is to ask matron when we can fetch our luggage, and to secure us a wash bowl.'

'Commendable, although you could have thought of that earlier,' he said with a hint of amusement in his voice. 'I'd better lead the way to your trusty chaperone, so we won't break the rules a moment longer than we have to.'

As she was at a loss for an answer, she opted for dignified silence.

He stepped out onto the passage, walked past Alyssa's makeshift cabin and turned left at the end of the passage. 'Behind this door you should find Mrs McKenzie safely ensconced,' he said without bothering to look at his companion. He rapped on the oak door.

'Yes?' Matron sounded surprised.

'I've brought you one of your charges,

Matron.'

'Oh, it's you, Doctor. One moment please, until I am decent.'

The wait was interminable until matron opened the door. 'You'll have to pardon my dressing-gown, but I was getting ready to settle down for the night,' she said as she tied the ribbons of a pink nightcap dripping with frills.

'We'll try to make it as quick as possible, madam, so we can all get our well-deserved rest,' the doctor said, showing off his even white teeth to his advantage.

Alyssa stepped forward. 'We need some clothes, Matron,' she said, curtsying in the same moment as the ship leaned to the side. Her shoulder collided painfully with the door. She bit back a small yelp. 'We also need some facility to have a wash in the morning.'

Matron appeared surprised. 'Is that why you're here? Can't that wait, my dear? I'm already in my dressing-gown.' She gave the doctor a helpless look. 'Maybe you would be so kind as to arrange for the boy to take the luggage to the girls? He'd have to put the boxes in front of the door, of course.'

'Certainly,' he said. 'However, there still is this young lady. We can't leave her running around unattended.'

Matron stared at Alyssa as if she could propel her back where she belonged through the sheer force of her will. 'Whatever are we to do with you?'

Alyssa felt her cheeks turning hot. 'I did not intend to inconvenience you, madam.'

Mark said, 'These things should have been addressed earlier, and it was remiss of us to overlook all possible situations.' He gave matron another charming smile. 'It seems our crew is not accustomed to having ladies on board. With your permission, to make up for our negligence, I'll take the young lady back to her quarters and you'll chaperone us from the sanctuary of your cabin, be it in spirit only.'

'If you think we could do that this once? These girls are my responsibility after all.' She sighed, shaking her head fast enough to set the rows of frills on her nightcap in motion. It looked like a sea of pink foam, Alyssa thought. 'Maybe I should get changed again.'

'But dear madam,' Alyssa said, watching the spectacle mesmerised, 'surely that would take longer than it would take me to get back to my quarters?'

The frills came to a standstill as their owner stared at her again. 'You appear trustworthy,' she said with a lack of conviction. 'And of course, if the doctor thinks it is appropriate, I shall make an exception. But only this once.'

~ ~ ~

'You possess a remarkable talent to stir up trouble,' he said as he steered Alyssa back, the geniality he'd shown matron all but vanished.

She halted in mid-stride. 'What should I have done instead?'

'Waited until morning.'

'That wouldn't have done at all.'

'Everyone else seemed satisfied the way things are,' he said.

'Only because the girls expected things to be taken care of. And if someone falls ill at night-time, how are we to get matron to fetch you if we are forbidden to venture out alone?'

He rubbed his clean-shaven chin. 'That is a question I can't answer tonight. But I'll make sure the luggage is taken to your quarters. I presume the boxes are clearly labelled?'

'They most certainly are,' Alyssa said. 'That is – I'd think so.'

'We'd better have a look, before I send some unsuspecting man out on a fool's errand.'

~ ~ ~

In the mess hall, he stooped to pick up a threadbare carpet bag. 'It is labelled,' he said, 'but I'll be darned if I can read that scrawl.'

'Let me have a look.' Alyssa held her lamp as close to the box as possible. 'Susanna Terry or Kerry, as far as I can make out.'

'And pray tell me, in which cabin would we find that fair damsel?'

'Oh. I've no idea.'

'You have no idea.' He sighed loud enough for Alyssa to feel stupid. 'Maybe you should grab your own things and leave it at that.'

Alyssa drew herself up as tall as she could. 'That would be quite unfair,' she said in her most cutting tone. 'I shall not avail myself to a single scrap more than anyone else.'

'Mrs McKenzie seemed to have no such qualms.'

'Mrs McKenzie is our matron and as such, in a completely different position.'

He leant against the wall, hands in his pockets. 'As you wish. Are you ready to leave?'

Alyssa was glad he couldn't see her face, which by now must have turned scarlet with indignation. She turned on her heels and walked in silence to her room.

~ ~ ~

Hannah lay still awake. 'Well, what did matron say?'

'We'll receive our things in the morning.'

'That's all right, then, innit? We can sleep in our shifts.' Hannah closed the curtain again. 'Good-night.'

~ ~ ~

The man crept out of his hiding place and made for his own room. He congratulated himself. Following nothing but his instincts on a clandestine stroll, he now knew where to find distraction if he took precautions not to get caught.

A Matter of Love and Death

By Caron Albright

Chapter One

Frances stepped out of the house a good quarter of an hour early. After an interminable week when heat held Adelaide in a relentless grip, the temperatures had tumbled, making walking to work tolerable.

She strolled along at a pace that made sure she arrived at the telephone exchange unflustered and, for once, cool. Only this shift and then she'd be off duty for two whole days. Tomorrow unfolded in front of her in all its unhurried glory. She'd help her mum with the laundry – it took two people to feed sheets into the mangle – but they should be done by afternoon tea time. She'd reward herself with a long soak in the roll-top bath, before putting on her print dress with the low waist and the quarter sleeve and meet Pauline to go to the talkies.

Frances wondered what the Empire Theatre

would show. She rather hoped for something lighthearted, with one of her favourite stars, like William Powell or Jeanette MacDonald. But it didn't really matter. As soon as the room fell dark and the velvet curtain opened, she was sure to escape the dreariness that was 1931.

'Another stick-up,' yelled a newspaper boy at the top of his lungs. 'Another stick-up. Read all about it.' He held out a paper to her, hope in his too thin face. Frances shook her head. Her pennies were too few to be spent without necessity, and besides, she'd hear all about the latest crime soon enough, if there really was one. One good thing about scraping by, she thought. No robber would mistake the Palmers for anything but poor.

On impulse, Frances decided to walk around the post office building where she worked. That way, she passed the small shop where Tilda and Martha O'Leary sold barely-worn clothes. For valued clients, they looked out for desired items. That's how Frances got the smart, lime green cotton dress she wore today. Two bob, and there'd been nothing wrong with it apart from a tiny tear at the hem that anyone could mend in a blink.

An elderly lady, with grey wisps of hair escaping from a bun, bent down to put a pair of leather driving gloves in the window display. Frances knocked on the window to get her attention. The lady looked up and shook her head.

Frances shrugged as she gave Tilda a smile. After all, they were just coming up to Easter. There was plenty of time for someone to bring in the nice woollen winter coat that she hoped to purchase for her mother, and the sisters knew what to look out for.

Still smiling, she unlocked the back door of the post office and headed towards the narrow staff room. She put down her brown paper bag with her two lunch sandwiches. How lucky they were to have an ice-box.

One last glance in the mirror, to make sure her light-brown hair, worn in a tight bun at the nape of her neck, was tidy, and she was ready to take over at the switchboard.

Loud sobs brought her up short before she could enter the room.

'You can't do that. I've done nothing wrong.' The voice on the other side of the door belonged to Gussie, the part-time girl who'd started a fortnight ago. Frances' hand rested on the door handle, but she couldn't bring herself to waltz into the room. Being forced to listen in was bad enough, but intruding would be worse by miles.

'I'm sorry,' Mr Gibbons said from behind the closed door. 'But you've left me no choice but to dismiss you.'

'I only told my friend, and she wouldn't

breathe a word to anyone.'

Mr Gibbons' tone grew grave. 'It doesn't matter if it's the Prime Minister you've been talking to. This is a government agency, and we maintain strict confidentiality in every respect. Good Lord, babbling about something you've overheard on the telephone switchboard …'

'But I need this job. Please!'

'You should have thought about that earlier. I'll write you a cheque for your wages, and nobody needs to know about your indiscretion when you apply for a job somewhere else, unless they ask me for a reference.' Mr Gibbons paused. 'That is the best I can do for you.'

The door swung open. Frances had barely enough time to move out of the way as Gussie thundered past. Her eyes were swollen, but her jaw was set in a mulish line.

'Come in, my dear,' Mr Gibbons said. His face looked drained. 'I'm afraid you've overheard a few things that should have been best kept quiet, but I trust I can rely on your discretion.'

He sank on to one of the three straight-backed chairs that stood in a line. 'Not that Gussie is much of a loss, but I did hope it would work out, for her family's sake. And how I'll fill her chair at such short notice is beyond me.' He sounded almost as if he was talking to himself, having forgotten all about her own presence,

Frances thought, or he wouldn't have been so embarrassingly frank.

She took pity on her superior. Mr Gibbons always treated her fairly, and she'd never seen him this downcast before. 'I've got two days off coming up,' she said, watching the silent switchboard. 'If it's any help, I could come in and do some extra hours.'

'Are you sure, my dear? You'd get paid extra. And it'd only be from twelve until five.'

'I'll be here.' Frances gave him a reassuring smile as she pressed the headset down on to her hair, switched it on, and answered the first signal.

~ ~ ~

By lunchtime, her ears buzzed from all the noise and her eyes smarted from the flashing lights. She lifted her headset off and got up, moving her neck from side to side to prevent any stiffening. Lately, she'd taken to eating her sandwiches at the small table in the exchange, allowing her to keep an eye on the switchboard. She worked alone on her shifts these days. They'd become pretty quiet anyway, except for Fridays and Mondays, the days when tradespeople and business managers made phone calls. Not that long ago, there used to be three girls on busy days and two girls on slow shifts, but the depression had gotten too bad to allow for that. Calls during her lunch break were rare, the girls at the main exchange knew how short-staffed Mr Gibbons was and told callers to try again later, unless it was urgent.

With the unemployed roaming the country in ever growing numbers, it was beyond Frances how anyone could be stupid enough to jeopardise a steady job. A shudder ran through her. She called herself to order. The Palmers were fine, as long as she earned enough to meet the mortgage and the regular bills. Not to worry.

She bit into her ham and pickle sandwich. The bread tasted soft and fresh. She savoured the quiet around her as much as her meal. Mr Herbert, who worked behind the post office counter, preferred lunch in one of the small tea shops that somehow managed to survive on customers like him, but Frances hated the idea of spending two whole pennies on a simple sandwich and have even more talk wash over her.

Another light flashed on the switchboard. She took her headset and went to answer the call, fingers dancing as she worked the plugs.

~ ~ ~

The air felt crisp as she left. It cooled her cheeks as she rushed home. She'd promised her mother to try and pick up a leftover loaf or two at half price from the German bakery, halfway between the telephone exchange and Grenfell Street.

'Whoa, steady there.' A tanned hand grabbed Frances' arm as she slipped off the kerb to avoid colliding with a ragamuffin boy chasing after a ball.

'Thank you,' she said, catching her breath. 'You can let go now. I'm fine.'

The man relaxed his grip. 'At least let me see you safely across the street. What's with the big rush?'

'I want to get to Kessler's bakery before closing time.'

'What a coincidence,' the man said. 'I could do with a loaf myself. Just show me the way to this bakery of yours.'

Frances glanced up at him. He seemed respectable enough, with good clothes and a broad jaw that reminded her of her brother, Rob.

'Sorry, I forgot my manners,' he said, taking off his grey fedora to her. 'Jack Sullivan at your service. It'd be my pleasure to accompany you, but if you prefer to be rid of me, I understand perfectly well.'

There was a hint of amusement in his cool voice. Frances raised her head, openly scrutinising him. She shaded her eyes against the fast-setting sun. A dark-haired man in his thirties, pretty much the gentleman, as her mother would say, with sleepy blue eyes and a nose that had obviously been broken at one stage. The dark blue suit and buffed leather shoes were neat, but not flashy.

'Well,' he said, 'will I do? I promise you I don't bite.'

She felt the corner of her mouth curl up against her will.

He offered her his arm. 'And your name is?'

'Frances Palmer,' she said, relaxing a bit more.

~ ~ ~

They entered the bakery in silent harmony. Mrs Kessler stood behind the counter, piling up the remaining half dozen loaves and a few pies and bread rolls in front of her. Her hair was pulled back into a bun, fiercely enough to raise her eyebrows. She looked like she herself was made of dough, thought Frances, with her round dumpy body and that shiny face with eyes like currants.

She said, 'One crusty loaf, please, Mrs Kessler, and one sourdough.' She turned to Jack Sullivan. 'Mr Kessler makes the best bread for miles.'

A pleased flush crept into Mrs Kessler's plump cheeks. 'You're a good girl, Frances,' she said. 'You found yourself a very good girl, sir.'

'But Mr Sullivan is not …'

Mrs Kessler ignored her. They both did. Frances snapped her mouth shut. Setting the record straight with Mrs Kessler would have to wait until the next time they were alone. But she would mention it. She didn't want people to talk about her, simply because she turned up with a personable man in her wake.

She gave Mr Sullivan a sideward glance. He seemed unruffled as he asked Mrs Kessler to fill a bag with the remaining rolls.

'What do you usually do with the leftover bread?' he asked

'We give it to soup kitchen,' Mrs Kessler said in the heavy accent she hadn't lost in twenty-five years, rubbing her ample stomach. 'It is good bread, made for filling hungry mouths.'

'That's very kind of you.'

'Kind, I do not know. We do not like waste.'

~ ~ ~

'Is there anything else you need to buy?' Mr Sullivan asked after they'd left the bakery.

'The greengrocers over there,' Frances said, after a moment's hesitation. 'But I wouldn't want them to get the wrong impression as well. You know how people talk.'

'I see.' The corners of his eyes crinkled. 'In that case, I'd better say goodbye before I harm your reputation.'

She felt her cheeks grow warm. 'Well – yes. Goodbye.' She gave him an apologetic look and walked away from him, to the shop.

~ ~ ~

'Nice-looking fellow I saw you coming out of the bakery with,' Mrs Jacobs said, as she splashed water on the cabbages to keep them fresh.

Frances ignored the remark. 'Do you have some old potatoes or carrots for half-price, Mrs Jacobs? Anything that'd do in a stew?'

'I've got some turnips and onions that need eating. And I could let you have a bag of potatoes if your mum doesn't mind sorting out the odd one that's already sprouting. Mind you, that's a lot to carry, even if your young man gives you a hand.'

'Mr Sullivan is not my young man.' Honestly, these people. 'He asked for directions to the bakery, that's all.'

'It's always good to have someone lending a hand, that's all I'm saying, seeing as he's still waiting around. I can see him through the window.' Mrs Jacobs wiped her hands on her apron. 'That'll be sixpence, love.'

~ ~ ~

Mr Sullivan strolled towards Frances as she struggled to carry the heavy bag with her arm outstretched to protect her dress from getting dirty.

She didn't even bother to protest as he took it off her, or ask why he'd hung around. It was kind, after all. 'Where do we go now, young lady?' he asked.

'Home. Off Grenfell Street, if you're sure you want to carry my bag. But then I really have to say goodbye to you.'

'Fair enough,' he said. 'But I promise you, I'm perfectly house-broken and harmless.'

She felt herself smile as they fell into a perfectly matched step. 'We're here,' she said finally, stopping in front of the sagging wrought-iron gate that her godfather, Uncle Sal, cared for with black-lead and twisted wire.

He put down the bags.

'Again, goodbye, Mr Sullivan,' Frances said, with something close to reluctance to see him go. 'And thank you for your help.'

'Any time.' He tipped the brim of his hat with two fingers. 'I'll see you around.'

~ ~ ~

The front door creaked open while she still fumbled with the gate-latch. Uncle Sal must have kept a look-out for her, she thought, as he rushed to help her with the bags.

'You've got no call to lug all that heavy stuff,' he said, his mouth set in an obstinate line. 'You tell 'em folks I'll be along to pick up those things.'

'You know as well as I do that I had help, you sly fox.'

'I might.' Uncle Sal pushed the door wide open with his shoulder.

Frances followed him into the big kitchen and sat down at the table. She propped her chin up with her hands, watching the dapper little man busy himself with storing the food in the wire baskets that hung from a beam. She knew better than to offend his sense of Italian manhood by helping. For a man who was two years shy of his old age pension, his movements were graceful, despite the gammy right leg.

Uncle Sal always said the steel in his ankle was better than any weather vane when it came to predicting rain. Hard to believe he'd barely been able to hobble along on crutches three years ago, courtesy of a drunken driver who ended the stage career of Salvatore the Magnificent. That's when he moved in for good, and she couldn't imagine life without him. They were a team.

Uncle Sal paused to sniff at the potatoes. 'Some start to smell a bit. Only good for pigswill.'

'That's why they were cheap. Where's Mum?'

'Run over to give Bertha a hand with old Henry. It takes two these days to lift him out of his chair, and he won't let anybody but the girls do it.'

Uncle Sal dropped the offending potatoes back into the bag, took three of the onions out of their basket and began to juggle them, catching them on the way down. 'So,' he said, keeping a steady rhythm with his hands, 'who was that young man and why didn't you ask him in? It's not because of me, is it? I may not be much to look at, but I wouldn't embarrass you in front of a friend.'

'You wouldn't, and he's not a friend,' Frances said once more. 'Mr Sullivan was being polite, carrying my bags for me, that's all there is to it. I wouldn't dream of inviting a stranger in, as you well know. You helped Mum set out those rules, remember? If you could stop being silly now we might get supper on the table as soon as Mum's back.'

Her right arm shot up as Uncle Sal flung an onion her way.

'Good catch,' Uncle Sal said. 'We'd have made a nice double-act, you and me, if we'd ever put our show on the road. Salvatore and Francesca, the billboards would have read in bright lights.' He sighed. 'We came so close to the big time, my love.'

She got up and planted a kiss on his thin cheek.

~ ~ ~

Maggie rushed into the kitchen as Uncle Sal lifted the stew-pot off the burner.

'Sorry it took me so long,' she said, grabbing her apron from the hook on the wall. 'You sit down, love, and I'll do the rest.'

Frances propelled her mother onto a chair. 'Uncle Sal and I can manage perfectly well.'

~ ~ ~

'That was wonderful.' Maggie put fork and knife on to the empty plate. 'You spoil me.'

Uncle Sal said, 'Easy enough to cook for the three of us, with no one getting under your feet and talking me silly.'

'Then we'll do our best to keep our new lodger out of the kitchen.'

Uncle Sal groaned. 'Oh, Maggie, not another Mr blimmin' Hoskins? You'll end up running a nursing home soon.'

'Oh, no!' Frances stared at her mother, open-mouthed. Mr Hoskins had stayed with them for five months, making nights miserable for everyone with his pneumatic snores, and days as bad with his stories about all the misadventures that seemed to have befallen anyone who came into close contact with himself. Despite the undeniable help that his twelve bob a week for board and lodging had constituted, she did somersaults when he left.

How she wished they could afford to have the house to themselves. A deep crease developed between her brows. She did what she could to take care of her mum and all the bills, but sometimes that wasn't enough. They didn't run a proper boarding house, of course, although it had been no trouble at all for them to get the required references and pass all the regulations when they first were introduced to get rid of rat-infested dumps where men slept four or more to a room. But the Palmers had one spare bedroom that they let out if the opportunity arose.

Maggie said, 'This time it's a much younger man, I suppose. Your Uncle Fred sent a letter from Melbourne, saying that he'd recommended me to Mr Anderson, who's moving to Adelaide. Fred says we won't regret it, and if there's one thing you learn in the police, it's how to judge people.'

'When's he coming?' Frances asked.

'Tomorrow afternoon, I'm afraid. It is short notice, but we'll manage, won't we?'

'Sure.' Frances forced herself to sound chipper. 'It's – Gussie got herself the boot and I've promised to work her shifts. That means I'll have to be in the exchange at noon.' And if they didn't get the housework finished in the morning, they'd have to do it later, meaning giving up her night at the pictures. It wasn't fair. Now that her best friend worked at the Top Note, she hardly saw Pauline at all.

~ ~ ~

She needn't have worried. When she got up at dawn to tackle the spare bedroom on the other side of the landing, her mother had already aired the bedding and was pulling the linen bed sheet taut. It was the only sheet in the house that was as good as new, she realised as she helped her mother, folding in the corners under the mattress. The fabric felt as smooth and cool as mornings on the Adelaide Hills where they once spent a blissful week's holiday.

Frances took the pillow and buried her face in its snowy softness, breathing in the sweet smell of sun-dried laundry. If she ever came into money, she'd take Mum and Uncle Sal and head straight to the hills with them. And she'd buy enough sheets and eiderdown and pillowcases to dazzle them with white sumptuousness. As things were though, she'd have to put up with a stranger enjoying the linen that, by right, ought to belong to her mother, while she herself made do with a sheet that had been turned and washed so often, you could read a newspaper through the fabric.

Maggie snatched the pillow from her, plumping it down on the bed. Next came the eiderdown – no scratchy woollen blanket for lodgers in Mrs Palmer's house – and then her mother stepped back to cast a critical glance over her handiwork.

'It looks fine, Mum,' said Frances, who knew her mother's fastidiousness. True, the striped cream-coloured wallpaper had faded in the fierce Adelaide sun and the chest of drawers had a chipped leg, but the ash floorboards were sanded down and polished, the brass bedstead gleamed, and freshly cut dahlias, in a gold-rimmed vase, lent the wash-stand, with its daisy-patterned ewer, a cheerful air.

'That should do it,' Frances said. 'Why don't we have breakfast now, and then I'll sweep the rugs and mop the floors while you and Uncle Sal take care of the laundry? I don't want you trying to work that mangle on your own.'

DANKSAGUNG

Ein besonderer Dank geht an alle, die mich ermutigt haben, aus einer ursprünglich aus einer Zeitungskolumne für die Harburger Anzeigen und Nachrichten entstandenen Idee ein Buch zu machen.

Fiona Leitch, ebenfalls Wahlneuseeländerin und Autorin, hat ein fabelhaftes Titelbild sowie einige Fotos beigesteuert – danke!

Wer sich von diesem Buch inspirieren lässt, ins Land der Kiwis zu reisen, dort einen Working Holiday zu verbringen oder gar auszuwandern, wird es sicher nicht bereuen. Ein Tipp: Sonnenschutz ist das ganze Jahr über ein Muss, auch im Winter.

Ein besonderer Dank geht an die Autorin Larissa Schwarz für ihre tatkräftige Unterstützung.

IMPRESSUM

© / Copyright: 2018, Carmen Radtke

Umschlaggestaltung, Illustration: Fiona K. Leitch, Carmen Radtke

Ebook/Gestaltung: Yvonne Betancourt

Das Werk, einschließlich seiner Teile, ist urheberrechtlich geschützt. Jede Verwertung ist ohne Zustimmung des Verlages und des Autors unzulässig. Dies gilt insbesondere für die elektronische oder sonstige Vervielfältigung, Übersetzung, Verbreitung und öffentliche Zugänglichmachung.